Wolf Wondratschek

DANTE, HOMER UND DIE KÖCHIN

Wolf
Wondratschek

DANTE, HOMER UND DIE KÖCHIN

Eine Komödie

Ullstein

Wir verpflichten uns zu Nachhaltigkeit

- Klimaneutrales Produkt
- Papiere aus nachhaltiger Waldwirtschaft
- ullstein.de/nachhaltigkeit

MIX
Papier
FSC FSC® C014496

ISBN: 978-3-550-05089-3

Umschlaggestaltung: brian barth, berlin
Gesetzt aus Fairfield LT Std
Satz: LVD GmbH, Berlin
Druck und Bindearbeiten: GGP Media GmbH, Pößneck

I

Kaum wiederzuerkennen die beiden, Homer rasiert, Dante fieberfrei.

Dante übergibt der Köchin den Lorbeer für die Suppe. Für ein Fest, sollte es je wieder eines geben, tut's auch ein Kranz aus Unkraut.

Auch Homer fühlt sich wohl, wenn er mit dem dunklen Gleichmut der Tiere bei den Schafen steht. Abends wird er Dante davon erzählen.

Die Hände der Männer sind alt, nicht die Verse, die zu schreiben sie fähig waren.

Man muss nicht schreiben, aber man muss es können, sagt Homer.

Und Dante hört zu.

Sie schreiben noch, Homer?

Als die Helden fielen, fiel die Feder. Alles gesagt, alles geschrieben. Nun nehm ich mir die Zeit, wieder jung zu werden.

Die schwierigste aller Künste! Ich beneide Sie, mir um Jahrhunderte voraus zu sein, was das Wissen um den Tod angeht.

Wissen um das Sterben, Dante, nicht um den Tod. Das ist alles Betrug. Und wir, die Dichter, waren die Betrüger.

Geben wir die Federn den Gänsen zurück.

Träume, vor weiß Gott wie langer Zeit geträumt, und nie eine Antwort, keine bis heute.

Dante ist es egal. Die Antwort auf Lorbeer ist Unkraut.

Einverstanden.

Homer hört das silbrige Rascheln in den Pappeln, hört das mittägliche Geläut der Glocken, den dunklen, schwermütigen Abendgesang der Hirten. Natürlich, nicht zu vergessen, hört er den tapferen kleinen Maschinen zu, die man Vögel nennt. Alles, wie er findet, begabte, interessante Musikanten.

O schöne Welt, die nicht schreiben und nicht lesen kann. Wenn man es nicht besser wüsste. Was die Jäger nicht töten, jagen die Katzen.

Wie wahr!

Bei den Spatzen ist alles unklar. Was die reden! Keine Ahnung. Oder sie reden nicht, sondern schimpfen. Oder streiten. Die Sonne selbst ist noch nicht wach, da streiten sie schon. Mehr Spatzen im Baum, als ein Baum Blätter hat. In den Gärten von Guagnano brachen Äste.

Vielleicht freuen sie sich nur, auch Vögel sein zu dürfen. Wie die Dichter sich freuten, Götter sein zu dürfen. Keiner von ihnen konnte je wieder schlafen.

Keiner ging je wieder in die Kirche. Keiner las je wieder ein Buch.

Ach, die Dichter! Ich kenne keinen Spatz, der sich für ein Genie hält.

Und ich keine Nachtigall, die keines wäre.

Zuerst glaubt Dante, nicht richtig gehört zu haben. Er braucht ein paar Minuten, bevor es aus ihm herausplatzt. Mein Gott, Homer, ich bitte Sie! Er kann sich kaum beherrschen. Wie kann einer wie Sie so etwas behaupten. Verglichen mit anderen Singvögeln ist die Nachtigall ein Nichtskönner, mögen Sie mich und alle, die sie besungen haben, dafür steinigen.

Dante wird regelrecht zornig. Wo, will er von Homer wissen, sollte dieses verliebte blutjunge Ding, diese Giulietta, eine Vierzehnjährige, den Sachverstand herhaben, was da in der Nacht in Florenz vor ihrem Fenster gerade singt?

Dante spinnt. Was für ein Unsinn! Die Nachtigall ein Nichtskönner? Er hat sie doch singen hören. Er hört sie jede zweite Nacht. Er schläft bei weit offenem Fenster. Dante dagegen, weil er glaubt, Feinde zu haben, braucht Sicherheit, Vorhänge aus dickem Stoff vor heruntergelassenen, fest verriegelten Rollläden. Es müsse schwarz um ihn sein, behauptet er, was nicht nur gut für den Schlaf sei, sondern ihm, bei einem Anschlag auf sein Leben, auch die Möglichkeit biete, unerkannt entkommen zu können.

Seltsam, dass Dante, um seinen Mördern zu entkommen, von einem kühnen Sprung aus dem Fenster redet. Die Frage, wo er die Zeit hernehmen will, stellt sich für ihn nicht, die Zeit, die es braucht, mit dem Hieb seines Degens die Vorhänge und mit der Hand das Fenster zu öffnen und die Rollläden zu entriegeln. Nichts leichter als das, sagt Dante. Man kann ihm ansehen, wie ihm, was er sagt, gefällt.

Die Rede der Dichter! Reden gegen das Unmögliche.

Dante springt nicht aus dem Fenster, sondern in die Perfektion.

Sie soll schöne Zähne gehabt haben, die kleine Capuleti, und ihre Haare nur hinter verschlossenen Türen gekämmt haben. Sie durfte keinen Gruß, den man ihr entbot, erwidern. Wer sie ansprach, hatte kein langes Leben. Noch heute erzählt man sich von einem Fußkettchen, das sie trug, aber niemand je gesehen hat. So war vieles erfunden, wie es den Gedanken, die man sich über sie machte, entsprach. Sie war unter den wilden jungen Burschen die Begehrteste. Es war die Gefahr, die ihr Liebesverlangen entfachte. Es wurde Mode, für sie sterben zu wollen. Ein unsinniger Kampf setzte ein um die Angebetete. Hinter jedem Vorhang, der sich bewegte, stand sie, hinter jedem halb geöffneten Fenster. Sie war allgegenwärtig und einer Kinderseele jedes Risiko wert. Man überbot sich mit Angebereien, warf Kusshände, legte abgeschnittene Locken in Mauernischen, machte die

Messer scharf. Wie rührend dagegen die Geschichte, sie habe kleine Papierdrachen, die sie kunstvoll zu falten und zu bemalen verstand, in den Straßen an Liebespaare verschenkt, ein Märchen, nicht das einzige, was sie betraf.

Wenn Dante, was Homer für mehr als wahrscheinlich hielt, nicht selbst unter den Verliebten war, entschlossen, um ihrer Unsterblichkeit willen Verse zu schreiben! Um sich einzumischen, soll er eines der Opfer, dem golddurchwirkten Wams und den beringten Händen nach einen jungen Adligen, der sich unter einem Torbogen erhängt hatte, eigenhändig losgeschnitten haben. Die Unterscheidung zwischen dem Misslungenen und dem Vergeblichen wird sich Dante einprägen.

Trotzdem! Was sie für eine Nachtigall hielt, hat sie mit einem anderen, einem unvergleichlich begabteren Sänger verwechselt, ich vermute, mit der Heidelerche.

Homer glaubt kein Wort. Aber deswegen Streit mit Dante? Vielleicht hat er ja recht, was Florenz angeht, wo er sich auskannte. Es gab in der Innenstadt dort vielleicht nicht einmal Bäume.

Dante wirft, noch immer verärgert, den aus Unkraut geflochtenen Kranz wie einen Federhut in hohem Bogen ins Gebüsch, dorthin, wo ein mit Steinen markierter kleiner Erdhügel die Stelle anzeigt, wo sie Pompo, ihren Hund, begraben hatten. Aber dann sieht er es. Wie gezeichnet und gut sichtbar bleibt in der Luft eine gebogene Linie zurück, eine Linie aus Licht, aus etwas Hellerem noch als Licht. Eine wie von einem Blitz zerrissene Zeichnung. Ein Bild, das zu deuten die Zeit nicht reicht.

Sie schauen sich an. Sie staunen. Staunen, was Unkraut alles kann!

Nie wieder wird sich, was sie gesehen haben, wiederholen, sooft die beiden es mit allem, was sich in die Luft werfen lässt, versucht haben.

Sie reichen sich die Hand, ohne etwas zu sagen, ein Handschlag der Dankbarkeit. Was, worauf es ankommt, lässt sich schon wiederholen!

Sagen Sie, Dante. Stimmt es, dass Sie Venedig nicht mögen?

Sie etwa?

Ich, ja. Keine Stadt liebt das Licht mehr als Venedig. Das Licht in Venedig! Wie es leuchtet! Wie alt es ist. Und wie es alles, was alt ist, liebt!

Das sind wir. Wir sind das Alte.

Homer, die Arme eben noch auf dem Tisch, lehnt sich zurück. Wie viele Büsten von uns gibt es? Was schätzen Sie? Sie wissen schon, diese Dinger aus Marmor, Gips oder aus sonst was. Die gibt es inzwischen vermutlich überall auf der Welt, in New York, in Südamerika. Ich denke, da kommt, wenn wir die einsammeln könnten, ganz schön was zusammen. Sollte sich herausstellen, dass uns trotzdem die

Steine ausgehen, könnten wir Shakespeare anrufen. Ich kannte seine Frau recht gut.

Sehen Sie mich nicht so an, Dante. Bauen wir ein Haus. Ein Haus des Schweigens. Ein Haus des Verzichts. Ein Haus des wunschlosen, sich selbst erfüllenden Lebens.

Und wer kocht?

Ein Schweigen, das nicht zähflüssig ist, eines, wie es sich in den Herzen der Armen bewahrt hat.

Zum Abendessen haben sich Freunde angesagt, immer die gleiche Runde. Ein Tuchhändler aus Smyrna, ein venezianischer Barbiermeister, ein des Mordes an einer seiner Geliebten verdächtigter Adliger (wenn er denn einer war!), der sich der Köchin gegenüber mit einer artigen Verbeugung als Ruy Lopez de Segura vorgestellt hat und natürlich abstreitet, das Verbrechen begangen zu haben, der aber, was er gar nicht leugnet, allein schon das Gerücht als Kompliment betrachtet; nicht unwahrscheinlich, dass er selbst es war, der das Gerücht lanciert hat. Männer seiner Art waren immer schon anfällig für den Nimbus ihrer Unberechenbarkeit. Wie zum Beweis wird auch heute auf dem grünen Tuch ein Messer neben den Spielkarten liegen, die er mit geschickter Hand mischt.

Lopez de Segura: Was die Versuchung betrifft, die von Frauen ausgeht, und nicht nur von denen, deren Schönheit uns zu schaffen macht, kommt es bei uns

Männern allein auf das Funktionieren unseres Überlebenswillens an. Wer sich, weil er nichts anderes gelernt hat, noch das Laster seiner Leidenschaften erlaubt, wird auf seine Bestrafung nicht lange warten müssen. Fächer öffnen sich, Türen knallen. Du steigst, solltest du noch am Leben sein, über die Leichen derer, die vor dir ihr Glück versucht haben. Ein großes Versprechen ist das nicht, deine Ladung loswerden zu können. Was das betrifft, war ich in Bordellen gut aufgehoben.

Darauf will niemand, weder mit Zustimmung noch mit Widerspruch, antworten, was Lopez de Segura veranlasst, die Aufmerksamkeit der Männer am Tisch durch noch mehr Deutlichkeit zu erzwingen. Er will, sagt er, »ein großes Loch in die Liebe beißen«.

Homer gähnt. Es braucht Übung, es dabei zu belassen. Was, denkt er, waren das einst für Männer, die unter dem Schock, den die Schönheit auslöst, den Tod gesucht haben. Männer, die Kriege geführt haben gegen das Schicksal, sich verliebt zu haben. Es war nicht der Blick einer Nackten, der sie in Raserei versetzt hat, es war Seligkeit, wie allein Augen sie auslösen können. Homer kannte sie. Sie standen unter einem Urteil, sie fällten keine. Männer, eben noch als unbesiegbar gerühmt, denen es hilflos die Sprache verschlagen hat. Ihr Herz schlug nicht, es schlug um sich. Sie konnten Sonne und Mond nicht mehr unterscheiden. In ihrem Kopf Gedanken, die sie erblinden ließen. Der Wunsch, nie von Seligkeit überwältigt zu werden, kann ihnen nicht mehr erfüllt werden. Die Verzweiflung, wenn sie sie überlebten, hat sie zu jenen gemacht, an die man sich für immer erinnert, weil sie, glücklich und unglücklich, Liebende gewesen waren.

Anzunehmen, dass sie gar keine Freunde sind, mit Ausnahme, was Homer betrifft, des Mannes aus Smyrna. Aber es stimmt schon, so recht sind die beiden, Dante mehr als Homer, für Freundschaft unter Männern nicht geschaffen. Tatsächlich gönnen sie sich einfach nur hin und wieder weiter nichts als ein abendliches Vergnügen mit dem Vorteil, nicht selbst viel reden und keine der Geschichten, die die anderen erzählen, für wahr halten zu müssen. Haben denn sie, die man die großen Dichter nannte, je an alles, was sie selbst erzählt haben, geglaubt?

Homer mag den klugen, stillen Mann, der ihm aus den besten seiner Stoffe Hosen und Hemden näht, eine Decke für sein Bett und Vorhänge gegen Tageslicht. Er weiß alles Wichtige, hat er Dante gegenüber einmal gesagt. Ein Mann ohne Schulbildung, kein Freund von Büchern, nicht interessiert an Theater oder sonstiger Schauspielerei. Von innen heraus ein Mann von Anstand. Großzügig, wie es nur ehrliche, einfache Menschen sein können. Als Kind hatte er sich neben anderen Diensten, die ihm sein Vater aufgetragen hat, vor allem um die Tiere zu kümmern, die Ziegen und Schafe; von den Herden durfte, wenn er sie heimführte, kein Tier fehlen. So habe er, erzählt er, das Zählen kennengelernt, habe gelernt, was Zahlen sind, was sie bedeuten und wozu sie nützlich sein können. Dann sei es der Himmel gewesen, sagt er, seine Ausdehnung, seine Dunkelheit, in klaren Nächten die Sterne, die ihn weiter hinein in die Zahlen gebracht hätten. Er habe einfach wissen wollen, wie viele es gibt. Das sei dann mit dem Rechnen schon schwieriger gewesen.

Dante, das Gesicht nur Knochen, ist ganz still. Er mag weder Ziegen noch Schafe. Er mag ihre Schatten, ihre gelblichen Augen und ihre Ausdünstungen nicht. Und er mag, ob Ziege, Schaf oder Kuh, keinen Käse. Ihm ist jede Art von Verschimmelung unangenehm. Aber den Mann, den mag er.

Was muss ich tun, will er wissen, um neben diesem Gott – er deutet auf Homer – nicht wie ein Bettler auszusehen?

Ganz einfach, still stehen, damit ich Sie abmessen kann, schlägt der Tuchhändler vor.

Und fängt gleich damit an.

Für Dante die völlig neue Erfahrung, sich wie einer zu fühlen, dem Befehle erteilt werden. Gerade stehen! Nicht bewegen! Arme ausstrecken! Kopf hoch! Da klingt der Hinweis, dass er weiteratmen darf, wie eine Erlösung. Vielleicht braucht er einen

Schuster dringender als einen Schneider. Er muss sich nur die Sohlen und Absätze seiner Schuhe anschauen.

Tuchhändler: Wenn Sie Wünsche haben, sagen Sie's. Welcher Stoff in welcher Farbe. Ob was mit Streifen oder mit Punkten.

Dante: Irgendwas, nur keine Hose, bitte.

Tuchhändler: Mit der Ihr Freund, der zuerst auch Bedenken hatte, aber sehr zufrieden scheint.

Homer: Und wie! Was für eine Erfindung!

Dante: Ich lehne Hosen ab.

Homer: Ich will mir, habe ich entschieden, sogar ein zweites Paar anfertigen lassen. Ich hoffe, Dante, Sie sitzen gut. Dieses Mal lasse ich mir nämlich kurze Hosen schneidern.

Tuchhändler: Nach einem halben Jahr Bedenkzeit, ich beglückwünsche Sie!

Homer: Auch wenn ich bei meinem Freund hier in Ungnade falle.

Dante: Ich glaube nicht, dass ich mich daran gewöhnen möchte. Ich meine, nicht einmal an lange Hosen! Nein. Etwas Einfaches. Eine knöchellange schwarze Kutte. Mit zwei Taschen links und rechts.

Tuchhändler: Wie wär's auf Taille?

Homer: Ein Kleidungsstück ist kein Gehäuse.

Tuchhändler: Sie sollten aufhören, Herr Dante, sich schwarz zu kleiden, auch wenn Sie glauben, es stehe Ihnen. Warum wollen Sie wie einer aussehen, den die Bauern auf Stangen aufs Feld stellen, um die Saatkrähen zu verschrecken?

Homer: Warum so altmodisch, Dante? Warum weiter den Schmerzensmann spielen, der Himmel und Hölle auf dem Gewissen hat?

Dante: Oder nur einfach ein Hemd, einfach nur ein Hemd, wie es die Bauern tragen, strapazierfähig, das sich auf der Haut aber gut anfühlen muss. Oder, wenn Sie können, einfach nur meine alte Kutte, die ja genug gelitten hat, da und dort etwas ausbessern.

Es sind Geschenke. Nie hätte der Mann aus Kleinasien für seine Dienste Geld angenommen. Ein Handschlag, ein Lächeln, ja. Und ein gutes Glas Wein.

Was ist das Wichtige, das man wissen müsse?

Dante hätte einen Schwur geleistet, keine Antwort zu kennen.

Was es zu verteidigen gelte, antwortet der Tuchhändler.

Und das wäre?

Das Andenken der Ahnen, die Würde der Eltern und die eigene. Angriffe auf diese Überzeugung seien die schwersten, in seinen Augen unentschuldbarsten Verbrechen, die zu ahnden er mehr als einmal seine Gesundheit, einmal sogar sein Leben riskiert habe. Ein Schlag ins Gesicht habe ihn ein Auge gekostet.

Weiß der Mann aus Smyrna, wer Homer einmal war? Nein.

Hätte es in seinem Verhalten ihm gegenüber, wenn er es wüsste, einen Unterschied gemacht? Nein.

Der Augenblick der ersten Begegnung ist, was entscheidet, nicht die Vorgeschichte eines langen, wie auch immer ruhmreichen Lebens. Im Übrigen haben viele diesen Namen, der eine oder andere in seinem Dorf, auch zwei seiner Onkel heißen so. Einer von denen, der seine Rechenkünste bestaunt hat, hat aus ihm, der das Handwerk der Schneiderei erlernt hatte, einen Unternehmer, eben einen Tuchhändler gemacht. Ich sah, wenn ich auf meinen Tischen die Ballen ausrollte, den Himmel wieder, ich strich mit der Hand über Milchstraßen, diese Ströme verwehter Lichter. Ich entdeckte die in die Stoffe eingewebten Muster. Da war nichts mehr mit Zählen.

Auch der Barbiermeister, der Homer, lange her, auf der Fondamenta Cannaregio kennengelernt, sich mit ihm in einem der kleinen Cafés zu einem Gespräch niedergelassen und ihm dann, auf seinen Wunsch hin, den Bart aus dem Gesicht geschnitten hat, weiß nichts von der Identität des Mannes. Die Arbeit der Rasur war keine Kleinigkeit gewesen. Es war, als schnitte man Marmor.

Zuvor hatte Homer bei einem Trödler, bei dem sie vorbeischauten, eine Büste entdeckt und gegen kleines Geld erstanden, den Kopf eines griechischen Dichters, nicht mehr ganz heil, aber doch noch so gut erhalten, dass es den Barbiermeister hätte stutzig machen können, zumal auf dem Sockel, deutlich sichtbar, der Name seiner Zufallsbekanntschaft eingraviert war. Aber von diesem Plunder hatte er genug gesehen und immer für billige Fälschungen gehalten. Außerdem, wie sollte jemand seine Zeit um Jahrhunderte überlebt haben, noch dazu bei so guter Gesundheit?

Was ihn Homer und sein Interesse an der Büste vergessen ließ, war die Überlegung, selbst auch etwas zu kaufen, irgendetwas, eine Kleinigkeit, nur um das Glockenspiel gleich noch ein zweites Mal hören zu können, das immer dann ertönte, wenn der Trödler die Kasse betätigte. Wie schwer es sein kann, sich zu entscheiden, vor allem bei Kleinigkeiten! Er entschied sich schließlich gegen den Aschenbecher (für die Raucher unter seinen Kunden) mit dem eingebrannten Logo der nationalen Fluggesellschaft ALITALIA und (für seine Enkelin) für eine kleine, wirklich kleine bemalte Statue einer Madonna mit Kind, für Kinderhände genau das Richtige.

Klingeling! Klingeling!

Wenn er sich nur an das Lied erinnern könnte, das ihm seit Kindheitstagen vertraut war. Wie oft war er damit getröstet und zu Bett gebracht worden.

Sie waren danach gemeinsam noch zur Ponte di Tre Archi gegangen, wo Homer, nachdem er sich von seinem Freund verabschiedet hatte, das eben erst erstandene Ding in den Kanal warf. Sofort waren Möwen zur Stelle, um das unruhig gewordene Wasser nach Nahrung abzusuchen.

In der nahen Chiesa di Santa Maria delle Penitenti, die er dann aufsuchte, ein Kirchlein, dessen Intimität er liebt, traf er auf eine junge Frau, die sich, noch auf Knien, nach ihm umschaute, aufstand, herantrat an ihn und seine Hände in ihre nahm.

Homer blieb ruhig. Auch die junge Frau zeigte keine Regung. Ihre Hände ruhten beieinander, als ruhten sie sich aus, als sei dies in diesem einfachen, Gott geweihten Raum etwas, das keiner Erklärung bedürfe.

Na gut, dachte Homer, sehr schön das alles, aber was geschieht da gerade? Wer ist sie? Eine, die den Boden nicht kennt, auf dem ruhig zu stehen ihr immer misslingt? Eine Unglückliche, die sich durch diese Berührung mit ihrer Einsamkeit auszusöhnen versucht? Eine Heilige, die ihn segnet?

Dann ging sie.

Ohne auch nur ein Wort, einen Laut oder Seufzer von sich gegeben zu haben, ging sie zurück in die Welt.

Wenn ich schon mal in der Stadt bin, überlegte Homer, wie wär's mit einem neuen Paar Strümpfe? Und machte sich auf den Weg.

Was gibt's denn, will Dante von der Köchin wissen. Hummer?

Raus hier, befiehlt sie, was einer Ohrfeige gleichkommt, die hinzunehmen einem Italiener natürlich unmöglich ist. Da es aber für Diskussionen keine Lösung gibt, in einer Küche so wenig wie in einer Kirche, und im Bett mit einer Frau auch nicht, was bleibt ihm? Er gehorcht.

Hier, sagt sie und drückt ihm den Sack mit dem Müll in die Hand. Und wenn Sie es schon nicht lassen können, mich zu stören, das nächste Mal bitte ohne Zigarette.

Dante liebt Hummer, wie Homer sein Klavier liebt, sein neues, ein englisches Fabrikat, Geschenk seines Arztes, der es anliefern ließ, um das verstimmte armselige Ding zu ersetzen, auf dem Homer sich mit seinem Spiel bisher abgemüht hat.

Eine andere Art der Gelehrsamkeit, wie er sagt. Man darf ohne schlechtes Gewissen mit dem Denken aufhören. Endlich! Man geht durch Wind und Wetter, ohne sich zu erkälten. Man ruht sich aus, weint, wenn es sein soll, und hat was gut bis zur letzten Note. Das hält lange vor. Freies tiefes Atmen. Man möchte einschlafen. Und das tut er oft auch. Homer schläft ein und schläft, während die Finger nicht aufhören wollen, weiter Tasten und Töne anzuschlagen. Was er spielt, kommt aus dem Reichtum dessen, was er vergessen hat. Er erinnert sich an das Vergessene. Vielleicht kann sich ein Mensch auch an das, was nie passiert ist, erinnern. Jedenfalls hat er, weil er schläft, keine Kontrolle über die Musik. So wenig wie ein Schlafender weiß, dass er schläft, weiß

Homer, dass er, während er schläft, Klavier spielt. Aber es durchströmt ihn.

Noch gibt ihm der harte Schemel, auf dem er sitzt, Sicherheit. Aus dem Innenraum des Klaviers kommt, er weiß nicht, was, entweder Musik oder deren Erfindung. Eines aber weiß er: Jeder Ton tut nicht nur seinem Schlafen gut, sondern dem ganzen Körper, belebt ihn mit einer neuen wärmenden Gewissheit. Wie leise das Schlagen der Schwerter, der schwere Atem der Kämpfer, das Krachen von Masten und Schiffswänden geworden ist, wie müde das Meer. Die Himmel ein bis über die Grenzen des Sichtbaren hinaus leerer Raum.

Zu lange war ich einer, der seine Helden nicht überleben wollte. Saß in meinem Nest, das Schreibzeug haltend. Einmal werde ich verstehen, dachte ich und bin gescheitert. Nicht eine Sonne, nicht einen Stern, nicht einen Stein habe ich je verstanden. Den Ruhm, der meinen Namen trägt, verstehen? Unmöglich.

Ein Anblick ohne Datum: Dante, die Himmel über ihm zählend, an einen Brunnen gelehnt. Er zählt neun Himmel, die unsichtbaren mitgezählt!

Wie lange kennen wir uns nun schon, Homer, dreihundert Jahre, vierhundert?

Jedenfalls eine Ewigkeit, sagt Homer, oder länger. Zwei Ewigkeiten, grob geschätzt. Ich trank aus einer Quelle, wusch mir das Blut der Kriege von den Händen und fühlte mich erfrischt. Als ich mich umsah, stand da ein nackter Mann, ein nicht mehr ganz taufrischer, aber doch noch kräftiger und, wie sich herausstellte, friedfertiger Kerl, auch an ihn kann ich mich erinnern, der mich ohne jede Zurückhaltung ansprach und mich, wie es die Art dieser liebenswerten Tippelbrüder ist, duzte. Solltest du den Wunsch haben, auf dieser Erde bei Verstand zu bleiben, Bruder, reinige deine Hoden!

Was für eine Begrüßung!

Steige in das nächste Flüsschen, nackt, versteht sich, und warte ab. Warte, bis die Fische kommen und sich nützlich machen. Sie kennen keine Scham. Sie finden jede Pore.

Homer zog den Gürtel seiner Hose enger. Er sei dabei, erklärte er seinem Freund, zu unbekanntem Zweck Verzicht leisten zu wollen, Verzicht auf alles, nicht nur auf Ruhm, Ehre und Vaterland. Verzicht auf alles, was gedacht, geschrieben, durch Bücher überliefert ist. Verzicht auf Erinnerung. Verzicht auf jede Art von Vorteilen, auch auf den, bei Verstand bleiben zu wollen.

Bah, sagte der Mann und wurde, wenn es nach seinem Bad überhaupt möglich wäre, noch besserer Laune. Großartig! Ich glaube, ich habe dich unterschätzt, denn was du sagst, gefällt mir. Du weißt es, Bruder, du weißt es! Wahrscheinlich weißt du mehr, als du sagst.

Homer verzog das Gesicht, als wollte er ausspucken. Er hat keinen Stern, sagte er. Er stinkt. Am Ende hast du nicht einmal mehr genug Spucke, weil er dich ausgetrunken hat. Der Verstand hat dich erledigt, er hat dich trocken getrunken.

Der Verstand, ein stinkender Stern! Was redest du da. Was bist du, Bruder, ein Dichter?

Homer sprach zu ihm wie zu einem Bruder im Geiste, wie er es mit einem frommen Mann, einem Pilger, einem Wandermönch, getan hätte. Sprach zu ihm von einer anderen Art der Reinigung, vom Willen, nichts festhalten zu wollen, und, auch wenn es ihn den letzten Funken seines Verstandes kosten sollte, von der Sehnsucht nach Kindheit. Er sei guter Dinge, eines Tages jenem zu begegnen, der er nach einer langen Reise sein werde. Nichts solle ihn schützen, nicht die Prediger in den Kirchen, nicht jene, die zu denen reden, die in den Tavernen sitzen.

Dann, Bruder, mach dich auf den Weg. Geh weit weg. Geh in die Wüste. Dort wartet die größte deiner Aufgaben. Suche das Sandkorn, das dir gehört.

Finden, Bruder, finden, nicht suchen.

Der Mann, nun wieder angekleidet, dankte dem Wasser und den Fischen, eine Zeremonie, mit der er Homer zeigen wollte, was zu lernen jeder seinem Leben schuldig sei.

II

Auch ich, sagt Dante, bin der nicht mehr, der ich war. Ich bin Dante nicht mehr.

Nie war der Entschluss leichter, nicht mehr schreiben zu wollen, nichts mehr schreiben zu müssen, nie wieder. Keine Worte mehr, auch die geliebten nicht mehr, die klaren, die wahren, die schönen, die wohlklingenden. Wahrheit ist Zufall, und auch dann wissen wir nicht weiter.

Mein Schweigen wird, wenn es gelingt, Freude sein.

Dottore Belacqua, Homers Arzt, ist mit seinem Patienten zufrieden. Alle Werte in Ordnung so weit. Solange es Ihnen nicht einfällt, noch auf den Mond fliegen zu wollen, wovon ich abraten würde. Sie üben besser. Ihrer linken Hand fehlt es an Kraft, wenn ich das sagen darf.

Sie dürfen, sagt Homer. Er kennt keinen Arzt, der nicht von Musik mehr versteht als von der Heilkunst. Wenn Musik nicht ohnehin die Heilkunst selbst ist.

Und noch etwas mit Verlaub: Lieben Sie Mozart nicht zu sehr.

Aha, und warum?

Ein rechtshändiger Komponist. Ohne eine starke linke Hand.

Eine Woche später gibt es Post für Homer. Noten. Klavierkonzert in D-Dur von Maurice Ravel, ein Homer völlig unbekanntes Konzert für die linke Hand, dessen Seiten er durchblättert, zurück in den Umschlag steckt und erst einmal vergisst. Er wird das Notenbündel, wenn gerade nichts anderes da ist, als Unterlage nutzen, um Brot zu schneiden. Dante nutzt die Gelegenheit, um darauf Äpfel zum Reifen auszulegen oder auch um einen Teller mit Butter oder seinen Aschenbecher abzustellen.

Das Deckblatt zeigt Spuren eines guten Lebens. Innen auf den Seiten aber noch etwas: Spuren von getrocknetem Blut. Die Erklärung ist folgende: Der mit Partituren unkundige Homer war von der Anstrengung, sich kundig zu machen, bei Durchsicht des Klavierkonzerts offenbar so sehr überfordert gewesen, dass er Nasenbluten bekam. Was er, für den Augenblick wieder ganz der alte Homer und die Ruhe selbst, als Zeichen der Götter deutete, eine Warnung, die Homer auch verstand und ihnen in seiner Muttersprache dafür seinen Dank entbot. Er werde, gelobte er, Noten, mit der Ausnahme einiger Blätter eines gewissen Mozart, nie mehr zur Kenntnis nehmen. Das Konzert, beschließt er, wird sich mit einem anderen Klavierspieler abfinden müssen.

Seine linke Hand klimpert, wie es Homer einfällt und gefällt, Skalen, Läufe, Triller. Wer ihn sieht, sieht einen Träumenden, der sich vorgenommen hat, nie wieder aufwachen zu müssen. Vielleicht erklärt das sein Vergnügen an den Pausen, die er einlegt, und der Langsamkeit, mit der er jeden Ton einzeln anschlägt. Er scheint die Musik mehr zu errechnen als zu spielen, sie reinigen, sie putzen zu wollen. So mag sich ein Biologe oder, besser noch, ein Insektenforscher mit Musik beschäftigen, einer, der die schönste Zeit seines Lebens über ein Vergrößerungsglas gebeugt in seinem Labor verbringt. Dazu kommt, dass Homer weniger an den Tönen, die er spielt, interessiert ist als an ihrem Verklingen, wobei er mit dem Pedal kräftig nachhilft. Was zuerst klingt wie Treppensteigen auf der Himmelsleiter, rauf und runter, verklingt und verweht, haucht sich aus. Die Triller dagegen nimmt er sich vor wie ein Gaukler, der alles dem Vergnügen eines Publikums opfert, wie einer, der mit zusammengebundenen Beinen versucht, so schnell wie möglich zu laufen. Natürlich – so muss es sein – fällt er, tut sich weh, steht – auch das muss sein, umständlich genug – wieder auf, schlägt sich den Sand der Manege aus seinem Kostüm und hört damit erst auf, bis oben nur noch sein Kopf aus dem Sand herausschaut. Wer jetzt nicht um sein Leben bangt, hat in einem Zirkus nichts verloren. In der Hierarchie dieser Künste gibt es aber leider einen, der die Autorität besitzt, dem lustigen Elend ein Ende zu bereiten: Der weiße Clown! Was will denn der jetzt, der humorlose Mann, dieser Spaß- und Spielverderber? Zum Teufel mit seiner Autorität, seinem aufgesetzten Lächeln, seinem Triumph! Dem nie die Nase läuft oder die Strümpfe runterrutschen! Raus mit ihm aus der Manege! Unser Kinderzimmer gehört uns! Lass unseren Freund in Ruhe; der wird sich schon irgendwie selbst helfen.

Und so, bei geöffneten Fenstern, werden die Triller langsamer und langsamer, bis sie Ton für Ton verklingen.

Die Köchin wartet noch eine Weile, ob das Geklimper auch wirklich vorbei ist und sie sich entspannen kann. So ein Zirkus, brummelt sie, und das Tag und Nacht. Kein Mensch hält das aus. Kein Mensch kann das, ein Essen zubereiten und sich gleichzeitig die Ohren zuhalten. Sie braucht, wenn sie am Herd steht, größte Ruhe, rundherum und in ihr. Warum überlässt er, was er da tut, nicht denen, die es können? Sie hat es ihm nicht nur einmal gesagt und ihn gewarnt. Alles, was er am Ende davon hat, sind Rückenschmerzen.

Sie will sich nicht anmaßen, andere zu belehren. In der Ahnengalerie ihrer Familie gab es Sänger, wie es bis heute in jeder Familie welche gibt. Es gibt immer einen Grund, sich was von der Seele zu singen. Dagegen, was Instrumente betrifft, allenfalls mal eine Mandoline. Einer sang, einer zupfte. Das war alles. Ein junger Mann, ein Stotterer, der ihr, als sie jung war, nachstellte, spielte Gitarre. Genutzt hat es nichts. Mich kriegt weder der noch sonst einer in die Finger, entschied sie und stellte sich schwerhörig. Soll er wem auch immer von Liebe singen, ihr nicht. Dabei ist es geblieben. Die Liebe hat alle verrückt gemacht, der Reihe nach alle. Gegen diese Krankheit waren Frauen wie Männer in jedem Lebensalter machtlos, und weit und breit gab es kein Mittel, sie zu heilen, geschweige denn auszurotten.

Um Gottes willen, entschuldigt sie sich. Kein Mensch darf so reden. Sie hält sich den Mund zu.

Der Stotterer hatte es einfacher, weil er, wenn er nicht sang, den Mund überhaupt nicht aufmachte. Eigentlich tat er mir ja leid. Und irgendwie mochte ich ihn ja auch. Man konnte regelrecht darüber staunen, wie es ihm, wenn er spielte und sang, gelang, sein Stottern zu vergessen. Ich kann dazu nichts sagen, aber seine Augenfarbe soll sich, wenn er sang, geändert haben. Aber ich ihm in die Augen schauen? Jedenfalls ließ ich mir, was immer ich gefühlt haben mag, nichts anmerken. Dazu kam, dass ich mich nicht hübsch genug fand, nicht mal für einen wie ihn. Was für ein dummes, schwieriges, schüchternes Mädchen ich sein konnte! Viel hätte nicht gefehlt und ich hätte selbst angefangen zu stottern. Ich versteckte mich. Und ausgehen kam ja ohnehin nicht in Frage. Ich gehörte nicht zu denen, die sich weiße Handschuhe wünschten.

Die ganze Wahrheit wird sie mir nicht erzählt haben, da bin ich mir sicher, denkt Dante. Sie wird sie auch, als es für sie noch Gründe gegeben haben mag, zur Beichte zu gehen, nicht erzählt haben. Ob sie jemals Lippenstift aufgetragen hat oder was man als Frau sonst so macht?

Eines Abends, die Köchin ist schlafen gegangen, sitzen Dante und Homer immer noch zusammen, auf dem Tisch eine Keksdose, daneben Homers Brille.

Dante: Sie gibt es ja nicht zu, aber das hat sie Kraft gekostet, die Brombeerhecken zu schneiden, die bereits die Wege überwuchert hatten. Aber sie wollte sich nicht helfen lassen. Hände weg, Herr Dante, das ist Männersache, hat sie gesagt. Aus dem Weg mit Ihnen.

Homer: Nicht zu fassen, das Weibsstück.

Dante: Und wie gewissenhaft sie bei der Sache war, beeindruckend. Man müsste ihr nur mal bei Gelegenheit eine neue Gartenschere besorgen.

Homer: So was müsste es doch in Venedig zu kaufen geben, oder?

Dante: Die gibt es in jedem Dorf.

Die beiden Männer, Sommergästen ähnlicher als

Dichtern, fühlen sich von so viel Männlichkeit beschützt. Die Nachtluft nach der Gluthitze tut gut.

Dante: Bevor die Kälte kommt, wird sie sich die Rosensträucher vornehmen, sie zurückschneiden und mit Stroh und Tüchern gegen den Frost schützen. Da will sie nicht das Risiko eingehen, die Arbeit einem wie mir zu überlassen.

Homer: Man kann ebenso gut mit einer klemmenden Schublade kämpfen und kriegt und kriegt sie nicht auf.

Dante: Ob sie nicht, hab ich sie einmal gefragt, einen etwas verwahrlosten Garten natürlicher, urwüchsiger und deshalb schöner finde? Ein Garten sei ja keine Küche.

Homer: Und was hat sie geantwortet?

Dante: Nichts.

Homer: Sie kann den Mund halten, das hat sie uns voraus.

Dante: Und noch etwas, das sie uns voraushat: Sie denkt nicht.

Homer: Respekt!

Dante: Sie will nicht einmal den Anschein erwecken, es zu wollen.

Homer: Es geht viel verloren. Es geht die Wirkung, lebendig zu sein, verloren.

Dante: Ich möchte das auch. Ich möchte emigrieren. Aus dem Kopf hinausgehen. Abhauen, eine meiner Hände öffnen und dort leben.

Homer: Weshalb, glauben Sie, spiele ich Klavier, wenn man das überhaupt so nennen will? Weil ich die falschen Töne suche.

Dante: Das Kind, das sich wünscht, in seiner Hosentasche zu leben.

Homer: Das Kind, das sich freut, wenn Bleistifte den Kopf schütteln.

Dante: Feuer und Wasser haben Geburtstag, den sie gemeinsam feiern.

Homer: Schöne Vorstellung. Als sie geboren wurden, gab es noch keine Eltern.

Dante: Sturmfreie Bude.

Homer: Was für ein Fest! Das Nächste, was wir uns vornehmen sollten: unsichtbar werden.

Dante: Da werden die Geburtstagskinder aber Augen machen.

Homer: Wissen Sie, was mir, als ich sie so bei ihrer Schufterei beobachtet habe, durch den Kopf ging? Wie spricht eine so handfeste, praktisch veranlagte Frau, wenn sie zu ihrem Gott spricht?

Dante: So wie ich sie einschätze, wie mit allen anderen auch. Wenn du alles weißt, wird sie ihm sagen, zwing mich nicht, alles zu wiederholen.

Homer: Sie will also nicht auch noch die Sünde begehen, Gott zu langweilen.

Dante: Vergib mir oder lass es, wird sie sagen. Ich werde dich trotzdem lieben. Selbst wenn ich schweige, liebe ich dich. So in der Art.

Homer: Was meinen Sie, Dante, vertraut sie mehr seiner Güte oder mehr seiner Intelligenz?

Dante: Seinem gesunden Menschenverstand, würde ich sagen.

Homer: Komm, lieber Heiland, sei mein Gast. So heißt es doch.

Dante: Eine wie sie, nehme ich an, nimmt so was wörtlich.

Homer: Sie meinen, sie wird Ihn einladen?

Dante: Wen, Gott?

Homer: Ja.

Dante: Davon gehe ich aus. Sie wird auftischen, sie ist schließlich Köchin.

Homer: Sie ist großartig, das muss man ihr lassen.

Dante: Sie wird sich auch Gott gegenüber den Mund nicht verbieten lassen. Setz dich zu mir, wird sie sagen, auch wenn ich am liebsten allein bin.

Homer: Was die Wahrheit ist! Das Talent, gesellig zu sein, kann man ihr nicht nachsagen.

Dante: Stimmt! Schade eigentlich!

Homer: Wie bitte? Wollen Sie, dass sie uns bemuttert? Dass auf jedem Tisch bestickte Zierdeckchen liegen und darauf Vasen mit getrockneten Blumensträußen? Auf jedem Regal irgendwelche kleinen Tellerchen? In Vitrinen Keramiken? Jeden Tag weibliche Unterwäsche auf einer Wäscheleine? Eine Aufzählung, die immer mehr einem Albtraum glich. Nein, nein! Und was uns betrifft, was ist mit uns? Sind wir gesellig? Frauen wie sie sind nicht auf Zehenspitzen groß geworden. Und nicht mit Büchern. Sie ist von uns allen trotzdem die Klügste, das steht fest.

Dante: Ist sie! Deshalb bin ich ja, auch wenn sie es nicht ausstehen kann, in ihrer Küche fast schon Stammgast.

Homer: Jedenfalls, auch das steht fest, traut sie sich was.

Dante: Was ihr leichtfällt. Sie kann nicht anders.

Homer: Ob, wenn sie Gott empfängt, Kerzen brennen?

Dante: Gedämpftes Licht, wie man so sagt. Zu viel Licht schadet der Erleuchtung.

Homer: Was die betrifft, kann man nicht vorsichtig genug sein. Ich sehe gern, was ich denke.

Dante: Und sie wird, ich wette, nicht nur Ihn einladen.

Homer: Wen denn noch?

Dante: Seinen Sohn.

Im großen Topf ist das Wasser heiß. Und groß ist, was Dante kaum erwarten kann. Den Hummer sterben sehen. Anders als den Italiener interessiert die Köchin das Kochen, nicht der Tod. Und auch Homers Übungen am Klavier interessieren sie nicht. Wenn sie Musik hören will, singt sie. Oder hört den Vögeln zu.

Gleichgültig wie vieles, was die Welt will, sind ihr die mächtigen Namen der Männer, die sie für ihre Dienste bezahlen. Mögen sie Götter sein, wer weiß.

Mag das Feuer sie geboren haben. Solange sie von der Notwendigkeit, Nahrung zu sich nehmen zu müssen, nicht entbunden sind, steht sie am Herd.

Die Berge, wenn man nur lange genug hinschaut, sehen wie Königsgräber aus. Wenn man noch länger hinschaut, ist es, als warteten dort Könige auf die Revanche für Kriege, die sie als Lebende nicht gewinnen konnten. Himmelsbeobachter entwerfen Schlachtpläne für sie. Was nicht gezeichnet werden kann, existiert nicht. Was nicht gesagt werden kann, wird gesungen. Es ist wie in der Oper: Singen bedeutet höchste Gefahr. Wohin man sieht, graben sich Menschen in die bald blutfeuchte Erde.

Homer: In einem letzten Gefecht kann es nicht um weniger gehen als um alles! Der Befehl lautet: Das Heilige entweihen! Das Unveränderliche angreifen! Die Ewigkeit erobern!

III

Dante ein Mann mit Humor? Aber ja! Unbedingt! Sie hätten ihn sehen sollen, wie er im Garten steht und Katzen in die Luft wirft. Was für ein Anblick! Die Kappe in die Stirn gerutscht, das Hemd flatternd, die Arme im Rhythmus seiner Arbeit auf und ab sinkend, in den Augen ein Staunen, das sich von nichts, was um ihn herum geschieht, ablenken lässt.

Homer, der seinen Kumpel vom Fenster aus beobachtet, findet das interessant. Man könnte ja auch einfach nur mit der Enttäuschung nicht fertig werden, dass, was nach oben geworfen wird, nicht für immer oben bleibt, sich dort auflöst und als Materie verschwindet.

Dante: Wie machen die das?

Homer: Was?

Dante: Warum fallen Katzen, wenn sie fallen, immer auf die Pfoten?

Homer: Was bleibt ihnen anderes übrig?

Dante: Was können Katzen, was wir nicht können? Gibt es eine Erklärung? Ist, was Katzen können, angeborenes Talent oder durch Übung erlernte Geschicklichkeit? Selbst ganz junge und ganz alte Katzen können das; nie ist eine auf den Kopf oder den Rücken gefallen.

Homer: Seiltänzer sollen, wie man sich erzählt, um sich auf dem Seil sicherer zu fühlen, Katzenfleisch essen.

Nicht ausgeschlossen, dass das bald Auswirkungen auf den Speiseplan haben wird. Zuzutrauen wäre es Dante jedenfalls. Er sieht ihn schon seine Portion verschlingen, und ausnahmsweise noch eine, und dann, Hand in Hand mit der Köchin, aus dem Fenster springen.

Homer wird ihn um Antworten bitten, um Antworten auch auf eigene Fragen, Gedanken, die Kraft seines Schweigens betreffend.

Homer: Ich denke nur noch, um auf andere Gedanken zu kommen.

Dante und Homer sind zu Spielern geworden, die nicht gewinnen wollen, was sie für jeden, der mit am Tisch sitzt, zu gefährlichen Gegnern macht. Was weiß man schon, was sie vorhaben! Sie wollen nicht gewinnen – und gewinnen. Ruy Lopez de Segura, wenigstens nannte er sich letztes Jahr noch so, der Mann mit dem Messer, kennt sich mit Burschen wie denen hier nicht aus. Sie trinken nicht, rauchen nicht, lehnen kategorisch auch jede sonstige Erfrischung ab. Keine Ablenkung durch Weibergeschichten. Nicht einmal Fliegen stören sie. Wer nicht gewinnen will, löst Unbehagen aus. In den Vorstädten gibt es das nicht. Dort ist das Spiel mit Karten ein Kampf. Es geht um Ehre, Ansehen, Männlichkeit. Da spielt mehr das Blut mit den Männern als die Männer mit Karten. Sie saufen. Sie reißen, wenn sie Hunger haben, das Fleisch mit den Zähnen von den Knochen.

Im Ganzen sind ihre Tage glücklich, auch weil sie mit der Köchin einen Glücksgriff getan haben. Eine robuste, gleichwohl zurückhaltende, kluge Frau, die, abgesehen von ihren Künsten am Herd, den nicht zu unterschätzenden Vorzug hat, weder lesen noch schreiben zu können. Homer schlug sich vor Begeisterung auf die Schenkel, als sie ihm das gestand. Und sie war keine Spur verlegen dabei. Besser hätten wir es nicht treffen können, Dante. Was sagen Sie?

Wer gut schläft, sagt Dante, ist gerettet. Wer gut schlief, war im Paradies.

Beide wissen, dass einem Menschenleben ein Irrtum nützlicher sein kann als die Gewissheit, keine Fehler gemacht zu haben. Es hat Vorteile, eine Idee, wahr oder falsch, für realer zu halten als, sagen wir, einen Gartenzaun. Und mehr Spaß macht es auch.

Soll ich jemand kommen lassen, will die Köchin wissen, oder, Herr Dante, Sie übernehmen das. Warum redet er sonst so oft über den Zaun, der stark reparaturbedürftig ist? Aber sie weiß ja, warum. Um sich die Schafe und Ziegen vom Hals zu halten, die Homer so verwöhnt. Er ist geradezu vernarrt in sie. Schafherden in den Ruinen zerfallener Tempelanlagen! Ziegen, grasend vor Troja! Bilder, die man am besten mit geschlossenen Augen betrachtet.

Dante: Gottes ursprüngliche Idee waren die Tiere, nicht die Menschen.

Sie zu sehen tut mir gut, sagt Homer. Dabei sind sie, auf interessante Weise, vollkommen verschiedene Lebewesen. Die einen, die Schafe, sind liebenswert, die Ziegen hochmütig; was bleibt ihnen schließlich auch übrig, hässlich, wie sie sein können. Was ich ihnen, den Ziegen, allerdings ankreide, ist ihre Intelligenz. Sehr störend. Sie sind zu intelligent für das, was sie sind. Wie dumm, im besten Sinne dumm, dagegen Schafe. Für mich sind Schafe regelrecht Vorbilder, denen nachzueifern ich mir vorgenommen habe. Selige Einfalt, Dante, seliges Sein.

Für den Anstrich hat Dante folgende Idee: Er wird die Holzlatten weiß streichen und dann auf die weißen Latten Nägel aufmalen, lange spitze Nägel, auf jede Latte genau neun, und die in Schwarz.

Da war sie wieder, die Neun. Dantes magische Zahl. Neun Himmel. Neun Nägel.

Dante ist Homer gegenüber ehrlicher als zu sich selbst. So gesteht er ihm, wie es ihn quält, sich an zu vieles noch immer zu gut erinnern zu können. Er könnte von jeder Stadt, die er bewohnt hat, den genauesten Stadtplan auf Papier zeichnen. Er sieht die Wege seiner Wanderungen, sieht vor sich die Urkunden, die er unterschrieben hat, kann seine Stimme hören, die gelehrtem Wissen widerspricht, hört die Päpste fluchen. Er hat Giotto, seinen Freund, in Gedanken an seiner Seite, bewundert seine Muskulatur, seine Ausdauer bei der mühevollen Arbeit in der Kälte der Kirchen, die Kunst seines Pinselstrichs, der einer Frau die Jungfräulichkeit einhauchen wird und dem Kind in ihrem Schoß die Aura der nur in Gott möglichen Geborgenheit, und beiden die Sanftmut, die jeden, der sie sieht, zur Andacht verführt. Aber es sind nicht Predigten, die er malt. Er malt Malerei, eine, mit der er seine Auftraggeber beeindrucken, nicht sie bekehren will. Er verwandelt, was er kennt, in Kunst, das Neugeborene einer Nachbarin in einen kleinen Jesus, das Gesicht eines Straßenmädchens in das wie von innen beleuchtete Antlitz einer Madonna. Wie Giotto es ihm vom Gerüst in der Bargello-Kapelle zugerufen hat: Die Anschauung dessen, was ist, zum Stillstand bringen, Dante. Mit Farbe und Pinsel die Ewigkeit beginnen und enden lassen.

Dante will die Kraft seiner Wachheit für die Welt durch die Gnade, sie vergessen zu können, eintauschen, aber es hört das Erinnern nicht auf. Er denkt an die Berge, in die er gehen, an eine Höhle, in der er schlafen, an Beeren und Kräuter, die er als Speise nutzen, an den Regen, den er trinken will. Er braucht gute Tage. Seine Beine werden es schwer haben auf den steinigen Wegen. Er wird aufgeben wollen, sich Ruhepausen gönnen, um sich zu besinnen; und nebenbei Pilze für die Küche sammeln, mit der Warnung, nicht zwischen giftigen und essbaren unterscheiden zu können.

Die Größenverhältnisse, denen er sich ausgesetzt sieht, beruhigen ihn. Menschen, sagt man, die hier leben, reden nicht. Sie sind der Erde ähnlicher als Menschen. Sie sind allem, was wächst, den Fichten und Tannen, den Lärchen und Eichen ähnlich geworden. Menschen, einfach wie Dinge, wie ein Krug, eine Zange, ein Bettpfosten.

Es liegt sich gut auf dem Moos. Wie die Masten von Schiffen überragen ihn die Baumwipfel, eine Einladung, sich schaukeln zu lassen. Nicht schweben, sondern schaukeln. Er leistet es sich, keine Gedanken zu haben und mit denen, derer er sich nicht erwehren kann, zu spielen, wobei ihn einer besonders interessiert, der an ein kleines, böses Attentat! Wie die Natur ohne Ornament auskommt, will Dante in bestimmte ihm bekannte Städte zurückkehren und das Gold aus den Buchstaben seines Namens kratzen. Es hat ihn schon lange jedes ihm zu Ehren errichtete Denkmal Nerven gekostet. Er will die Steine, die ihn verewigen, stürzen sehen. Vielleicht kann er, wenn es ihm selbst nicht gelingt, Homer überreden, seine Beziehungen zu den Göttern der Unterwelt spielen zu lassen, damit sie ein Erdbeben gen Himmel schicken, das sie einstürzen lässt.

Er wird eine sternklare Nacht abwarten, bevor er auf die Frage, was für einen Sinn diese ganze Expedition haben könnte, eine Antwort geben kann. Aus Erfahrung weiß er, dass einer Antwort eine zweite Konkurrenz machen wird. Und die Rechnung eine ganz andere sein könnte. Zum Beispiel so: Zwei Beine, zwei Antworten. Zwei Arme, zwei Antworten. Vier Antworten, die der Kopf, dieser Spaßmacher, mit weiteren Angeboten überschüttet. Es mischen sich die Wortverdreher ein, die mit der Unordnung sich widersprechender Antworten ihr Geschäft machen, die üblichen Besserwisser natürlich, immer bemüht, durch geistreiche Einfälle zu verblüffen, die Fanatiker, deren Antworten Befehlen gleichen, andere, die wie Erzählungen klingen, gesungene Antworten. Das Herz, von der Zahl der Vorschläge überfordert, hält sich bereits die Ohren zu.

Was, wenn das Schweigen der Sterne die Antwort ist?

Wie er den Erfolg seiner Fußwanderung einschätzt, will Homer, der sich um seinen Freund schon Sorgen gemacht hat, wissen.

Dante: Die Kontaktaufnahme mit Spinnen ging schief, auch die mit Mäusen. Ich komm damit nicht klar. Nie wieder eine Nacht in einer Hütte. Ich hab die ganze Nacht kein Auge zugetan. Ich fühlte mich in die Enge getrieben. Wenn es wenigstens geregnet hätte! Das hätte mich abgelenkt. Oder ein ausgewachsener Eber, der mich zwingt, mich meiner Haut zu erwehren, wäre plötzlich aufgetaucht. Irgendwas, das man seinen Nachbarn und Enkelkindern erzählen kann. Nein! Sagen wir es so: Die Schönheit der Welt hätte andere Augen und die Welt einen anderen Wandersmann verdient. Was aber das Unangenehmste war, ich war keine Minute allein. Immer war da einer. Immer lief einer neben mir oder mir voraus.

Homer: Der andere, der alte Dante.

Dante: Das hat mich zermürbt.

Homer: Was man Ihnen ansieht.

Dante: Ich dachte, ich hänge ihn ab. Hoffte, dass ihm oberhalb der Baumgrenze die Puste ausgeht. Aber nichts da, der Bursche war zäh.

Homer: Ein Schatten hat keine Knochen, was ihn unbesiegbar macht.

Dante: Um es kurz zu machen: Um sich vom Weltall beeindrucken zu lassen, genügt ein Schritt vors Haus.

Keine zwei Stunden später sieht man ihn mit nacktem Oberkörper im Hof stehen und Holz hacken. Auf Erfahrung kann er sich bei dieser Tätigkeit nicht berufen, aber so ungeschickt, wie Homer befürchtet hat, stellt er sich nicht an. Er legt vielmehr eine Entschlossenheit an den Tag, als gälte es, mit jedem Hieb das Gute vom Bösen zu trennen, den Geist vom Körper, das Licht von der Finsternis. Sogar die Kaninchen in ihren Käfigen packt die Angst. Sein Beil zerschlägt jede Brücke, über die Unheil in die Stadt kommt. Die Henker fallen, die Verräter, die Feiglinge, Homer zuliebe auch einige der ihm so verhassten Vogelfänger. Wer natürlich nicht davonkommen darf, sind die Kardinäle, deren Mätressen er aber, in gutem Glauben, verschont. Dante hört nicht auf, bis die Arbeit getan ist. Die Enthauptung des einen oder anderen Würdenträgers auf dem Papststuhl muss er dann aber doch auf später verschieben, wenn die Krämpfe in seinem Arm nachgelassen haben,

Sein Gedächtnis ruft ihn nach Ravenna. Er erkennt jedes Haus, in dem er Aufnahme gefunden und jede Absteige, in der er sich verkrochen hat. In jeder Kirche kennt er die eine verborgene Tür, in jeder Gasse jeden Stein. Kennt die Märkte, Elendsviertel und Bordelle. Noch immer drehen dort die Frauen ihre Hüften, drehen sie wie Schaufelräder. Männer, die gerade noch Ratten gejagt haben, bleiben stehen. Wirte warten auf den Abend. In ihren Käfigen, aufgehängt in den Fenstern, singen Kanarienvögel. Auf der Piazza, auf der ein Sarg auf seinen Transport zum Friedhof wartet, hat eine Blaskapelle Aufstellung genommen, schwarzgekleidete Männer mit ihren Instrumenten, die sie von einem Stadtteil zum anderen, von einem kleinen Dorf zu einem noch kleineren schleppen, und das jeden Tag, und so spielen sie auch. Im nahen Kloster leben, ganz mit sich beschäftigt, die Schwestern. Geht eine vorbei, bekreuzigen sich selbst Bettler. Die Kümmernisse des Lebens gehören zu den Dingen, die ihrer Güte bedürfen. Man lebt, das ist alles. Nichts, was man wichtig nehmen soll. An einer Ecke, an eisernen Ringen festgebunden, stehen Pferde.

Alles ruft Dante alles zurück ins Gedächtnis. Es mache, klagt er, allein schon der Geruch einer Stadt sein Denken unklar und schwerfällig, wo das Ziel seiner Existenz doch ein Zustand der Klarheit sein müsse, der alles Denken zu einem Ende bringe. Ich bin, sagt er, wie ein Baum, der aus nichts besteht als aus Wurzeln, wie ein Wasser aus trockenem Salz, wie eine Peitsche, die ich nicht halten kann.

Denken ist Atmen, sagt Homer, da ist nichts zu machen. Auch Philosophen haben daran nichts ändern können, und was haben sie sich nicht alles ausgedacht, um diese Erkenntnis zu widerlegen. Reihenweise sind sie in Ohnmacht gefallen. Einige schafften es, obwohl ohnmächtig, auf einem Bein stehend zu überleben. Es sprach sich herum. Eltern sperrten ihre Töchter weg und schickten nun ihre Söhne in die Klöster, die in dieser Zeit reich wurden. Als sich herausstellte, dass für Kriege der Nachwuchs fehlte, atmeten die Menschen auf. Über die Grenzen der Länder hinweg hörte man den zum Leichtsinn verführenden Rhythmus der Trommeln. Niemand beeilte sich mehr mit dem, was er tat. Es war, als ginge jeder, allein oder mit vielen, in der eigenen Abwesenheit spazieren. Es gab für den Frieden auf Erden keine Erklärung.

Dante gibt sich einsichtig. Er wird seinen Frieden dort suchen, wohin der Weg ihn führt. Dass er alles, was er unterwegs sehen wird, schon kennt, enttäuscht ihn nicht. Die Freude, sich zu verirren, ist größer. Und stark sein Mut, diese Freude auszukosten.

Mit den Augen atmen, um das Licht malen zu können, wie Giotto es Dante erklärt hat. Nicht Luft ein- und ausatmen, was noch keinem Menschen Glück und kein Kunstwerk der Vollendung näher gebracht hat.

Giotto auf dem Gerüst in den Kirchen, deren Wände und Decken er ausmalt, Giotto in der Werkstatt zwischen den Farbeimern, Giotto, der das Licht atmet, das er malt, Giotto, der einen seiner Schüler zum Markt schickt, weil er bald Hunger haben wird.

Für Dante stand die Tür immer offen. Kaum eingetreten, begannen die beiden ihre Unterhaltungen, ohne dass Giotto auch nur einen Augenblick mit der Arbeit innehielt. Er bestand darauf, Neuigkeiten zu erfahren. Wie es auf den Straßen zuging. Was die Politik in der Stadt zuwege brachte. Was er, Dante, von dem Einfall hielt, einen Engel mit feuerrotem Kleid zu malen. Er fragte nach den Ställen mit den Pferden, besonders nach einem, das er selbst gern sattelte. Selbst mit verbundenen Augen sei es intelligenter als sein Reiter.

Ein Mann vieler Talente. Ein Mann frei von flüchtigen Stimmungen. Und sie lachten viel.

Dante hatte Priester werden wollen. Wer ihn fragte, warum, kriegte von dem damals noch nicht ganz erwachsenen, aber aufgeweckten Bürschchen Folgendes zur Antwort: Weil sie von allen in der Stadt am besten gekleidet sind!

Was meint er, wird sich mancher gedacht haben. Was ist mit denen aus den Fürstengeschlechtern und Adelsfamilien?

Der kleine Dante hätte es ihnen erklären können.

Priester sahen in ihrer Kleidung elegant aus. Und bewegten sich elegant. Selbst die wohlbeleibten unter ihnen waren nicht einfach dicke Männer. Das alles konnte er sehen, während er Gott, von dem in den Kirchen so viel die Rede war, nicht zu Gesicht bekam, nie.

Natürlich gab es Leute, vor allem Frauen, die Gott gesehen haben wollten, die erzählten, wie Gott sie besucht, wie er zu ihnen gesprochen, wie er sie berührt hatte, und das Kreuz schlugen über jeden, der das belächelte.

Den kleinen Dante interessierte das nicht weiter. Es war die Eleganz, die interessant war. Auch das kleinste Staubkorn verdarb nicht den Glanz, der von ihren schwarzen Gewändern abstrahlte.

Dass Schwarz so glänzen konnte, traf ihn völlig unvorbereitet. Und welche Wirkung das hatte.

Also wollte er so einer werden, was er natürlich niemandem erzählte, nicht einmal dem Mädchen, mit dem er damals ging und das ihm im Fluchen nichts schuldig blieb. Er hielt auch Gott gegenüber dicht. Er betete auch nicht zu ihm. Entweder er schaffte es allein, Priester zu werden, oder nicht.

Allerdings würde er sich, das war nicht schwer zu kapieren, bevor er Priester werden konnte, das Fluchen abgewöhnen müssen, das zuerst. Nichts konnte er besser als fluchen. Er fluchte wie ein Straßenjunge.

Darüber hinaus musste er sich auch sonst einiges einfallen lassen, sich eine andere, ruhigere Art zu sprechen angewöhnen, sich eine Sprache aneignen, die sein Einverständnis mit der Schöpfung, seinen Glauben an die Menschen, sein Mitgefühl mit den Armen, Kranken, Sterbenden auszudrücken imstande sein würde.

Aber es klappte nicht und, schlimmer noch, es klang nicht. An die Sprache, die ihm gefiel, stellte er andere Ansprüche. Sie sollte elegant sein. Nicht weich, warm und gütig, sondern elegant. Elegant wie das schwarze Tuch, in das die Priester gekleidet waren. Sogar die Bewegung, den Rhythmus ihres eleganten Dahinschreitens wollte er ihr ablauschen. Geschmeidig sollte sie sein, wehend und fallend. Sie sollte an sich glauben, nicht an Menschen. Sie sollte reich sein, nicht arm. Sie sollte lebendig sein, lebendiger als die Kranken und Sterbenden. Eine Sprache, die seiner Natur entsprach. Frei sollte sie sein, frei von jeder Bevormundung. Sie sollte sein, wie niemand sprach. Da er, wenn er schrieb, zu keinem als zu sich selbst redete, brauchte sie auch nur ihm verständlich zu sein.

So hatte Dante mit dem Schreiben eigentlich nur begonnen, um sich das Fluchen abzugewöhnen, was ja schriftlich auch wenig Sinn machte, es sei denn, man liebte das Derbe, das Volkstümliche, wie es, wenn man in die Theater ging, fluchende Schauspieler darboten. Das war bestenfalls komisch, aber nie elegant.

Natürlich fluchte Dante, wenn die Arbeit schwer wurde und er für den Tag oder mehrere Tage aufgeben musste. Er fluchte über den stinkenden Müll in den Straßen der Stadt. Er fluchte, weil ihn die Wut packte, wenn wieder einer seiner Briefe seinen Adressaten nicht erreicht hatte und abgefangen worden war. Er fluchte über die Willkür der Gerichte und die Bestechlichkeit von Beamten. Er verfluchte die fiebrigen Anfälle, die anfingen, ihn zu quälen, sobald das Alltägliche sich in Visionen aufzulösen begann wie an jenem Tag, als einer seiner Freunde und, was die Dichtkunst anging, sein unter allen einziger ernstzunehmender Konkurrent, mit einigen jungen Mädchen im Schlepptau seinen Weg kreuzte, darunter eines, das einen so starken Eindruck auf ihn machte, dass er sich wünschte, ihm nie begegnet zu sein. Eine Erklärung, jedenfalls eine vernünftige, fiel ihm nicht ein. Ein Blitz durchfuhr ihn, riss in die Eingeweide, durchschlug sein Herz. Ein Blitz, der bis auf ihre schöne Gestalt alles auf der Welt verdunkelte und eine brennende Besessenheit in ihm zurückließ. Er schleppte sich nach Hause, nahm die Feder zur Hand, schrieb ihren Namen, den auszusprechen er nie mehr imstande sein würde.

Aber nach und nach kam er, was das Fluchen anging, aus der Übung; und vergaß es. Irgendwann fluchte er nicht einmal mehr, wenn er sich in einer Tür den Finger einklemmte.

Über dem Schreiben hatte er auch den Wunsch, Priester werden zu wollen, vergessen.

Er war gut drauf. Sein Mut wuchs. Warum nicht die Schöpfung Gottes mit einer eigenen, der eines Menschen herausfordern?

Nicht die Religion, das Wort war ihm jetzt das Heilige.

Aber ganz vergessen hatte er die Priester nie, am wenigsten ihre Schneider. Von einem, den er sich leisten konnte, ließ er sich seine erste Kutte anfertigen.

Fragten ihn Leser, wer ihn als Dichter beeinflusst habe, antwortete Dante: Die Schneider von Florenz.

IV

Nachts lag Dante wach, hörte Schritte und dachte an Schritte, die er nicht hörte.

Dante und das Mädchen.

Dante, das Mädchen und das Fieber.

Das Fieber und das Mädchen.

Niemand hatte etwas bemerkt.

Homer: Zumindest damit ist es vorbei, sich sagen zu müssen, man werde alt. Was bleibt uns zu sagen übrig als: Wir sind alt und bleiben es.

Dante, der ein Mädchen sieht und, was er sieht, erfindet. Das Erfundene bleibt unsichtbar.

Dante sieht, was er über das, was er sieht, schreiben wird.

Dante schreibt nur, was er durch Verse beweisen kann.

Für Verse ist das Fieber zuständig, die Verse selbst bleiben fieberfrei.

Dante: Das konnte ich noch nie, ein Mädchen in den Arm nehmen.

Homer, grinsend: Ich auch nie.

Dante: Was ist daran so komisch?

Homer: Wir hatten andere Vorlieben.

Dante: Fragt man sich nur, warum es dann überhaupt noch Griechen gibt.

Homer: Ganz einfach. Der eigenen Frau gegenüber war man der Ehemann. Dem knabenhaft jungen Gemüse gegenüber galten andere Spielregeln.

Dante: Es war die Sonne.

Homer: Es gibt in meinem Land noch immer Landschaften, durchglüht, trockengelegt bis zur Unbewohnbarkeit. Ja, die Sonne. Sie haben recht. Da wächst nichts Überflüssiges.

Dante: Keine Umgebung, es sich gemütlich machen zu wollen.

Homer: Ich sehe bis heute eigentlich keine Notwendigkeit, dass sich andere als die unmittelbar am Vergnügen der glücklichen Faulheit Beteiligten in die Debatten darüber einmischen sollten. Es waren ja auch nicht die Ehefrauen, die den Weg ins Glücklichsein mit anderen verrammelt haben. Es genügte ein Mückenschwarm.

Dante: Klingt, als hätte ich vor meiner Geburt glücklicher sein können.

Homer: Wir kommen immer zu spät, Dante, ist es nicht so? Kaum hatten wir aufgehört, uns wie Götter zu fühlen, haben wir uns nur noch aufgeführt wie welche.

Dante: Und habt bei Regenwetter die Liebe zur Philosophie entdeckt.

Homer: Ich vermisse, ehrlich gesagt, ein wenig die Weisheit, der Schönheit den Vortritt vor der Wahrheit zu lassen und dem Vergnügen Vortritt vor den Pflichten. Als ich jung war, hat das noch funktioniert. Wir hätten die Welt an ihrem Beginn an einem Pfahl festbinden sollen wie einen Ziegenbock.

Als Homer anfängt, in leichtem Ton vom Nutzen von Zufallsbekanntschaften zu sprechen, wird es still in Dante. Er kriegt keinen Ton mehr raus. Um nicht weinen zu müssen, lächelt er.

Zurück noch einmal zum Ort der historischen Begegnung nahe der Brücke über den Arno, der in Dante die Vorahnung bestätigt, es müsse ein solches Wesen in der Welt existieren, ein junges, sehr junges Mädchen, einzig geboren, um in seinem Kopf als Idee wiedergeboren zu werden. Was für den jungen Mann die Geburtsstunde seiner Karriere als Dichter bedeutet. Der alles entscheidende Augenblick, der ihm sagt: Was ich wahrnehme, ist in mir.

Dante begreift seine Wehrlosigkeit als die Voraussetzung, sich zum ersten Mal ernst nehmen zu dürfen. Nichts, was ihn nach dieser flüchtigen, aber alles andere als zufälligen Begegnung noch abhalten kann, seiner Bestimmung zu folgen, ein Weltendeuter zu werden. Noch nie fühlte er sich so hoch angefüllt mit Bedeutung.

Der Wasserstand des Arno lässt die Fische nach Luft schnappen.

Was sagen denn die gegebenen realen Verhältnisse, sprich: der florentinische Alltag zu alldem? Die Stadt ist überschaubar. Man kennt sich. Unmöglich, dem überall Alltäglichen ohne Schaden entkommen zu können.

Dante ist klar, dass, was sich zugetragen hat, sich nicht wiederholen darf. Es empfiehlt sich, nicht mehr aus dem Haus zu gehen, um jede Möglichkeit einer Wiederbegegnung auszuschließen. Noch besser wäre Koffer packen und sich ins Himmelweite verdrücken. Sich selbst aus dem Weg räumen. Vergessen lernen, es gäbe sic noch da draußen in der Welt, verwandelt, in leichtsinniger Heiterkeit die Galanterie junger Männer genießend.

Schicksal, sei mir gnädig! Schick sie ins Kloster. Schenke ihr ewige Jungfräulichkeit. Erspare mir, mich auch noch in den Gedanken hineinsteigern zu müssen, ihren Tod herbeizusehnen, einen unwirklich sanften Tod natürlich.

Der Wunsch, sie vom Angesicht der Erde tilgen zu wollen, löst bei Dante dann aber eine solche Übelkeit aus, dass er, nachdem er sich übergeben hat, die Koffer wieder auspackt.

Obwohl längst eingeübt ins Vergessen, hört er im Chor der Engel eine Stimme nach ihm rufen, die Stimme eines Mädchens in seliger Gefangenschaft.

Die Zeitspanne von siebenhundert und einigen Jahren mehr ist zu groß, als dass sich Dante noch an Namen erinnern kann, auch nicht an ihren. Möglich, dass Dante gar nicht anders hätte überleben können als mit der Lüge, ihn vergessen zu haben. Vielleicht war sie der Anlass, der ihn überhaupt erst auf den Geschmack gebracht haben könnte, sich dem großen Programm des Vergessens zu widmen. Von dem Mädchen spricht er, wenn überhaupt, wie von einem fernen, bis zum Ersticken von Licht umschlossenen Kind, dem seine Liebe, aber mehr noch sein Bedauern gilt.

Homer lässt ihn reden. Und legt, wie um den Freund zu beruhigen, seine Hand auf dessen Schulter, was bei Dante sofort eine heftige ruckartige Abwehrreaktion auslöst. Da tut's weh, oberhalb des rechten Schulterblatts.

Homer: Schon lange nicht mehr massiert worden, wie?

Dante: Das muss Hunderte von Jahren her sein. Ich glaube, in Pisa einmal, und das, wenn ich mich nicht täusche, ausgerechnet auch noch von einem Germanen, der offenbar entschlossen war, mich in Einzelteile zu zerlegen. Und mich auch noch beschimpfte, weil ich keinen Sport treibe. Das hatte ich davon, mich unter den Schutz eines Kaisers zu begeben. Er wollte mir einen Gefallen tun. Ein Geschenk sozusagen, das ich nicht ablehnen konnte. Ich war danach ein Fall fürs Spital.

Homer: Daran erinnern Sie sich?

Dante: Warum, kann ich mir auch nicht erklären. Oder vielleicht doch. Ich glaube, es ist so, dass es mein Körper ist, der sich erinnert, nicht ich. Schon mal was vom Gedächtnis des Körpers gehört? Da muss es geheime Verabredungen geben! Was schließlich geht mich ein Sommer in Pisa an, außer dass ich ihn überlebt habe. Aber säße ich heute hier?

Homer: Darf ich trotzdem?

Dante: Ich war von dem groben Kerl, diesem Folterknecht, grün und blau massiert worden.

Homer: Wo ich herkomme, gab es das auch! Jede Menge junger Leute, die als Bildhauer berühmt werden wollten, damit aber kein Geld verdienten. Die haben sich dann, um ihre Brötchen zu verdienen, als Masseure ausgegeben und ihre Kraft und schlechte Laune an ihren Kunden ausgelassen. Das ging auf die Knochen!

Dante: Ein Mordversuch!

Homer: Da ist alles verspannt.

Dante: Als hätte er mich mit einem Hammer bearbeitet! Wenn er mich aufgeschlitzt hätte, die Schmerzen hätten nicht größer sein können.

Homer beginnt Dante zu massieren!

Dante: Warten Sie.

Dante knöpft seine Kutte auf, danach sein Hemd.

Dante: Aber andante, mein Lieber, nicht zu fest.

Dante beruhigt sich.

Homer fällt die Magerkeit seines Freundes auf. Seine Schultern eingefallen, auch sein Brustkorb. Der ganze Mann ein Gerippe. An Ihnen hätte die Sonne keinen Spaß; die hätte Sie glatt übersehen. Sie müssen endlich anfangen, mehr zu essen, Dante, und sei's nur unserer Köchin zuliebe.

Dante: Wissen Sie, wie die mich gestern genannt hat? Eine Büroklammer!

Homer: Eine Spinne, aufgespießt auf einer Büroklammer! Ausgerechnet Sie, den es vor Spinnen ekelt.

Dante: Mir war vom Schicksal der Schatten beschieden, immer schon.

Homer: Es gab auch bei uns welche, die der Dunkelheit verfallen waren, einige unserer Dramatiker zum Beispiel. Da war das Blut schwarz, wenn es floss, zu schwarz und zu schwer eigentlich, um fließen zu können. Gutes Denken braucht gute Luft. Und immer jemand in der Nähe, der dem Körper Gutes tut. Die besten unserer Philosophen hatten ihre besten Einfälle auf der Massagebank. Und wurden der Reihe nach süchtig. Die Akademie als Apotheke! Die Kunden standen Schlange. Sie konnten nicht genug kriegen. Wie auch von den Waschungen danach nicht. Plötzlich wollte jeder Philosophie studieren. Was sie durchströmte, nannten sie »den Atem des Himmels«.

Dante: So kann man es auch ausdrücken.

Homer: Ich denke besser, wenn ich nicht schreibe, soll einer auf der Massagebank von sich gegeben haben und beim Gedanken, sich gerade Berufsverbot erteilt zu haben, den Schrei eines Glücklichen ausgestoßen haben. Können Sie sich ein wenig vorbeugen?

Dante, das hört Homer, kämpft mit heftigem Atem gegen die Schmerzen an. Kämpft auch gegen die schmerzliche Erkenntnis, sich nicht einmal jetzt entspannen zu können. Er beißt gegen das Ungewohnte, das mit ihm geschieht, die Zähne zusammen. Er will standhalten, gleichzeitig entkommen.

Aus Ihnen, sagt Homer, wird in diesem Leben kein Grieche mehr werden, und drückt ihm, nicht ohne Bosheit, seine Handflächen tiefer und tiefer in die Haut. Weiß Homer noch, was seine Hände wollen?

Unsere Knaben, sagt Homer, diese Blumen des Glücks, waren wie heißer Sand, wenn sie einen von uns zu fassen kriegten, und wie der Sand in der Wüste mal fein, mal grobkörnig, in jedem Fall aber ergiebig. Es gingen Nachmittage hin, Abende, Nächte. Zur Unterhaltung fanden sich Musiker ein. Natürlich wurde auch getrunken. Es galt als ausgemacht, sich ihrer Behandlung ohne Widerspruch zu ergeben. Da haben selbst die in der Dunkelheit sesshaften Dramatiker allein vom bloßen Zuschauen einen Begriff davon bekommen, was jenseits der Bühne bloße Gegenwart sein kann.

V

Die linke Hand macht sich, es klappt allmählich ganz gut, wie Homer findet. Die rechte Hand trägt er in einer Schlaufe wie einer, der sich am Arm verletzt hat, aber es hilft bei den Übungen, die ihm Dottore Belacqua aufgetragen hat.

Natürlich sind ihm die Noten, besonders ihre in den Partituren notierte Reihenfolge, weiterhin völlig unverständlich, was die Sache für ihn aber erst interessant macht. Aus Rücksicht, auch auf die eigenen Ohren, spielt er leise. Auch das interessant. Man kann, wenn man fast nichts hört, noch Entdeckungen machen.

Ruy Lopez de Segura heißt jetzt Jean la Valse. Und das schon wenige Wochen nach seinem letzten Besuch. Die entsprechenden Papiere trägt er bei sich.

Auch eine Art, niemand zu sein, denkt Dante. Vogelfrei sein, wenn auch, um nicht aufzufliegen, gezwungen, sich Geschichten auszudenken. Mit jedem Namen eine andere, neue Geschichte. Sie kann beginnen, wo sie will, im Schlafzimmer oder auf hoher

See. Man muss sie nur, um sie erzählen zu können, überlebt haben.

Dabei fällt Dante ein, dass de Segura (oder, wie er sich neuerdings nennt, la Valse) die richtige und auch die einzige ihm bekannte Person wäre, an Dynamit zu kommen, um endlich die überlebensgroße steinerne Statue von ihm auf der Piazza Dante (auch das noch!) in Neapel in die Luft zu sprengen. Er stellt sich das, er kann nicht anders, schön vor. Die italienische Literatur wäre das Waisenkind los. Und endlich wäre Platz, an der Stelle einen kleinen Park anzulegen, mit einem Springbrunnen in der Mitte, einem Café an der einen und einer Rutschbahn für Kinder an der anderen Seite.

Er wird gesucht. Er ist auf der Flucht. Er ist, wie die Köchin sich ausdrückt, in der Miserabilität gelandet, was ihm nichts auszumachen scheint. Im Gegenteil. Er scheint die Atemlosigkeit zu brauchen wie andere Atem. Ein gefährliches Leben macht ihn zu dem Mann, der er sein will. Er hat es geschafft. Spuren, sagt er, die man hinterlässt, löschen, und damit die Vergangenheit! Das Leben im eigenen Gedächtnis, auch im Gedächtnis der Welt auslöschen. Eine Beschäftigung, die seine Gastgeber kennen und, wie er anerkennt, der Mühe für wert halten, zu Ergebnissen kommen zu wollen. Sie geben ihm, wenn man so will, Rückendeckung.

Eine Geldsendung, die er erwartet, wird den Vorsprung vergrößern, den er braucht, um die Verfolger abzuschütteln.

Die schwarze Schlaufe, mit der Homer ihm im Garten entgegenkommt, hält er für den großartigen und, wie er findet, gelungenen Einfall eines Modeschöpfers. Sie verleiht Eleganz, fordert Menschen zu Rücksicht und Höflichkeit heraus und macht neugierig.

Er hat es einige Male selbst durchgemacht. Sie haben sich weh getan, Sie Ärmster? Das hat mehr weh getan als die Schmerzen.

Er war, wenn ihm was weh tat, nur entweder vom Pferd gefallen, in einer Drehtür hängengeblieben oder von einem, der weniger betrunken war als er, aufgemischt worden, was man alles besser nicht erzählt, schon gar nicht in Gesellschaft von Frauen.

Was ist passiert?

Ach nichts, sagt Homer, ich hatte eine Meinungsverschiedenheit mit Dante und mich dann mit ihm duelliert und nicht aufgepasst.

Er ist sicher, dem Geschmack eines Mannes wie la Valse damit einen Gefallen getan zu haben. Er hätte natürlich eine halbe Wahrheit für ihn erfinden und ihm erzählen können, er habe Steine geschleppt, Köpfe von Berühmtheiten, mit denen er ein Haus zu bauen gedenke, und sich dabei das Handgelenk des rechten Arms überanstrengt, was zu vielen Fragen und am Ende eigentlich zu nichts geführt hätte. Die ganze Wahrheit wäre für la Valse noch unbekömmlicher gewesen. Warum spielt einer überhaupt Klavier, und wenn schon, warum, wenn er doch zwei Hände hat, nur mit einer, noch dazu für einen Rechtshänder mit der ungeschickteren linken?

Duelliert? Was Sie nicht sagen, Donnerwetter.

Ein Boxkampf hätte es auch getan, aber Dante bestand nun mal auf Schusswaffen.

Sie hätten beide tot sein können.

Was hätte das geändert?

VI

Dante wünscht sich eine Geschichte, und Homer erzählt ihm eine, die Geschichte eines Malers, von dessen Werk die Welt keine Notiz nahm, die Geschichte eines langen Lebens, das, wie Homer ihm versichert, ein gutes, gelungenes Leben genannt werden muss, die Geschichte vom Verschwinden der Bilder durch Übermalung, die Auslöschung eines Lebenswerks.

Homer lächelt. Auf gut Glück gelingt das nicht. Es ist, wie wir wissen, Schwerarbeit.

Auch Dante lächelt.

Er war Maler, also malte er. Er hat mit dem Malen keinen Tag seines Lebens aufgehört. Er hat an jedes der Bilder, bevor er sie zu malen begonnen hat, geglaubt. Sie haben seine Sinne als noch ungemalte Bilder in Aufruhr versetzt. Der Griff zum Pinsel war der Griff nach Sternen, die man nur findet, wenn man tief gräbt.

Irgendwo im noch Unsichtbaren, davon war er überzeugt, war das Richtige versteckt, das, worauf es ankam, das Aufatmen, die Erlösung. Und so malte und malte er, ging vor der Staffelei auf und ab, vor und zurück, und die Stunden, die Tage, die Monate, die Jahre, die Jahrzehnte vergingen oder, man wusste es nicht, bewegten sich nicht von der Stelle, denn jedes Bild enttäuschte ihn nach einer Weile.

Er suchte die bemalten Leinwände nach dem Grund seiner Enttäuschung ab. Was stimmte nicht? War die von ihm bald nicht mehr bezwingbare Unbarmherzigkeit seiner Kritik, was die eigene Arbeit betraf, eine Krankheit? War seine Malerei vielleicht gar keine Malerei mehr, sondern die radikale Erforschung des Verschwindens von Malerei?

Wenn ich ihn in seinem Atelier besucht habe oder abends mit ihm und anderen im Gasthaus zusammengesessen bin, machte er einen mit sich und dem Schicksal seiner Arbeit zufriedenen Eindruck. Er war müde, erschöpft, aber nie verzweifelt. Im Gegenteil! Er strahlte die Heiterkeit eines Unwissenden aus.

Ich mochte ihn, auch weil er sich nie beklagt hat, im Urteil der Welt nichts zu gelten. Darin muss er als vorbildlich angesehen werden. Unter den Freunden waren Maler übrigens die Ausnahme. Unser verehrter Freund, so beschrieb ihn einmal ein mit ihm befreundeter Mathematiker, ist ein Maler, der dem Tafelbild alles in seinen Augen Überflüssige austreiben will, der nur das Nötige gelten lassen und genau das erforschen will: Was ist das, das Nötige?

Eines nur wusste er mit Gewissheit: Alles, was da war, war zu viel! Schon das sparsam aufgetragene Wenig war zu viel. Immer wieder war einiges mehr oder weniger in Ordnung. Es war interessant, es hatte was, aber es hatte nicht das, was ihn gepackt hätte.

Immer mehr gefiel ihm eine fast leere Leinwand besser als eine bemalte. Und so bestand seine Arbeit in seinen letzten Lebensjahren mehr und mehr darin, die gemalten Bilder durch Übermalung zuerst zu korrigieren, was nicht ohne Reiz war. Noch ist, dachte er, Hoffnung. Und die hat ihn bis zum letzten Pinselstrich nie verlassen.

Dante lächelt noch immer.

Versuchen Sie sich vorzustellen, wie sicher man einer Sache sein kann, für die in keinem Museum der Welt eine Wand frei ist. Und wie unberührt seine Lebens- und Schaffenskraft davon blieb.

Er sah Bilder, die es geben musste, die man, um sie zu finden, nicht suchen darf.

In seinem Atelier lehnte eines an der Wand. Er hat es keinem gezeigt, auch mir nicht.

Das war seine Rechnung: Wenn es auch nur ein einziges, überzeugend vollkommenes, ein also nach seinem Urteil fertiges Bild gab, wo versteckte sich das nächste, das zweite, die möglichen anderen?

Bis auf ebenjenes Bild, das er gelten ließ, mehr noch, das so verstörend vollkommen dem entsprach, weshalb er einst den Entschluss gefasst hatte, sich überhaupt mit der Malerei einzulassen, verschwanden alle anderen Bilder, Hunderte, wenn nicht Tausende, mehr wohl als Tausende, die er in seinem Leben gemalt hatte. Sie wurden, wenn er die Leinwände nicht selbst zerschnitten und die Keilrahmen nicht alle schon im Kamin verheizt hatte, durch Übermalung unsichtbar gemacht.

Und so blieb er, wie Homer seine Geschichte abschließt, als Künstler am Ende selbst unsichtbar.

Ganz zu Ende war die Geschichte Homers damit aber noch nicht, noch nicht ganz, denn der Maler, so Homer, war kein Mann, sondern eine Frau, wie die Männer, die seine Leiche aus dem Atelier getragen und vor der Grablegung gewaschen haben, feststellten.

Sie hatte sich schon als junge Frau ihre Ausbildung zur Malerin durch Verkleidung erkämpft.

Und dann fällt Homer noch etwas ein, was ihm schon am Abend ihrer ersten Begegnung aufgefallen war. Sie hat, erinnert er sich, geraucht, viel geraucht, sehr viel, was ihrer Gesundheit, ihrer Lunge vor allem, geschadet haben mag, aber in ihren Augen offenbar unerlässlich war, um als Frau unentdeckt leben und arbeiten zu können. Das Problem: ihre Stimme! Sie war nun mal mit den Stimmbändern einer Frau zur Welt gekommen; und denen war, wenn man nicht mit Absinth nachhelfen und damit unweigerlich zur Trinkerin werden wollte, nur durch übermäßigen Konsum von Nikotin beizukommen. Mal abgesehen von ihrem Talent, sich der Sprache auf eine Weise zu bedienen, wie sie für Männer typisch ist. Das alles nur, um nicht aufzufliegen!

Und noch was, Dante, wenn man sich das überhaupt vorstellen will, was es für eine Frau, die sie ja trotz allem war, bedeutet haben muss: Keine Affären, sich nie verlieben, weit weg von zu Hause vielleicht, auf Reisen, aber dass sie viel unterwegs war, davon ist mir, soweit ich in Erfahrung bringen konnte, nichts bekannt.

Welch unmenschlich hoher Preis, den sie ihrer Kunst zuliebe entrichtet hat!

VII

Draußen zieht Nebel auf, Nebel, der die Welt einhüllt wie ein Geschenk, auf dem »Bitte nicht öffnen!« steht. Nebel, so dicht, dass ein Krug, der zu Boden fällt, kein Geräusch macht. Im Zimmer tritt ein Reh aus dem Wald. Es fallen Schüsse. Wer nichts will, setzt sich zu denen, die es hinter sich haben, an den Tisch. Eine beneidenswerte Runde. Männer in Mänteln und Stiefeln. Jeder hier ist noch älter als jeder andere. Keine Gespräche, und wenn welche, keine, die auf große Worte angewiesen wären. Sie erlauben sich nur die Großzügigkeit, noch am Leben zu sein.

Nirgendwo an den Wänden ein Kreuz, wie es üblich ist.

Einer schüttelt die Kugeln aus dem Reh, gibt dem Tier einen Klaps und wünscht ihm das nächste Mal mehr Glück. Niemand hebt auch nur den Kopf.

Sie schauen, was vor ihnen auf dem Tisch liegt, auf ihre Hände, ihren noch immer kostbarsten Besitz. Nichts wäre ohne sie möglich gewesen. Auf Hände war Verlass. Sie haben sie beschützt. Ihr Herz wäre dazu nie in der Lage gewesen. In seinen besten Stunden war es schwach, weich und schwach. Es setzte aus oder lief heiß. Es liebte und liebte nicht. Es machte irgendwann kaum noch einen Unterschied. Darauf lief es, wenn die Männer recht haben, hinaus: das Herz einer Frau, das seine Zelte im Herzen eines Mannes aufschlägt. Mal pustete der eine, mal der andere ins Feuer, damit es nicht ausging. Noch in der kleinsten Flamme die größte Hoffnung. Sie suchten die Alphabete ab nach einem Wort, dem immer gleichen. Die Auswahl war vielversprechend, mein Name, dein Name, die Zeile eines Liedes, an das man sich aus Jugendtagen erinnerte, dann, wie es kommen musste, die mutigen, die heimlichen, die ein wenig liederlichen Nachtwörter, diese Ausgeburten sich widersprechender Gefühle, die sich die Liebe erlaubt und die einen wahren Wettstreit immer neuer Namen entfachten, jeder Name die Wahrscheinlichkeit erhöhend, noch einmal zur Welt kommen zu können, ein von keinem Buch, keinem Gedicht, keinem Bibelvers geheiligtes Wunder vollbringend. Heute lachen sie darüber.

Als die Sonne aufging, kein Wort mehr.

Dann, früher oder später, die unvermeidliche Überraschung, die keine war: Wie schnell aus Gold Blech wurde, aus Quellwasser eine trübe Suppe. Aber man löffelte sie aus. Es gibt keine Strafe und keine Belohnung. Wer, wenn nicht die Alten, die hier sitzen, hätte dafür Verständnis haben können. Und sie hatten es. Kein Mitleid, nein, das nicht, aber Verständnis.

Das ist es, was von einem Leben bleibt, wird Homer auf dem Heimweg zu Dante sagen, das Verdienst, seinem Herzen verziehen, die Hände aber geliebt zu haben.

Manchmal, um sich vor dem Nebel in Sicherheit zu bringen, saßen auch Dante und Homer mit am Tisch. Sie passten gut in eine Runde, die jeden willkommen hieß, der nicht viel redete und den Zeitpunkt nicht verpasste zu schweigen. So hat sich Homer, seit er das Singen seiner Verse eingestellt und sich auf den Weg in die Welt gemacht hat, das Paradies vorgestellt, ein Tisch, einfache, gut gezimmerte Stühle, Wasser in einem Krug, in Gesellschaft von Männern, deren Hände die Geschichte ihres Lebens erzählen. Männer, die sich in einem einig zu sein scheinen: Über keinen soll es später etwas zu erzählen geben.

Ihm, Dante, dem Dichter greller, unruhiger Bilder, dem Dichter, der seit gut einem halben Jahrtausend keine Zeile mehr geschrieben hatte, war plötzlich danach, aufstehen und reden zu wollen, eine Rede halten zu wollen, um mit dem, was er sagen würde, Kirchen zum Einsturz zu bringen, Häuser, ganze Städte, das ganze Weltgebäude. Eine Rede gegen den Gang der Dinge der Liebe. Gegen die Macht der Mächtigen. Gegen die mit Engelshaar umflochtenen Griffe scharf geschliffener Messer. Eine Rede am Ende gegen die Sonne. Aber Homer legte seine Hand auf die Hände seines Freundes, was ihn aus seinen Träumen riss und beruhigte.

Homer hatte Dante in die Ordnung des ruhigen Atmens, in die Ordnung des Schweigens, in die Verwandlung zurückgeholt. Die Männer, was immer sie sein mochten, waren Philosophen.

Der Nebel wird dichter.

Wer sich jetzt noch an die Titel der eigenen Bücher erinnert, dem ist nicht zu helfen.

VIII

Was hat die Welt von zwei Männern, die sich einbilden, es gebe sie nicht? Sie gehen ihrer Wege, wenn sie sich überhaupt noch bewegen. Sie sind, nicht zu leugnen, gealtert. Sie sind nicht mehr, was eine Frau einen Mann nennt. Endlich. Nichts in ihrem Blut will sich an Namen erinnern. Sie würden, fiele ihnen einer ein, nichts entzünden.

Was sich an Freundlichkeit ansammelt, verschenken sie mit auf dem Rücken verschränkten Armen.

Sie malen über den Fluss, den es nicht gibt, eine Brücke. Sie gehen über diese Brücke. Kein Wunder, dass sie Liebespaaren begegnen. War es nicht immer so? Sie fürchten, was die Liebe will. Sagen sich, um sich zu schützen, Dummheiten. Sie sind wie Kinder, die Verstecken spielen. Wie Kinder sind sie, die hoffen, dass, was sie dabei entdecken, nicht sie selbst sind.

Nichts kann schöner sein als der nächste Augenblick.

Welche Farbe auch immer der Himmel hat, er ist

blau. Man sieht den Blumen die Freude an zu blühen. Sie sagen einander, wie schön sie sind. Bäume, schön oder nicht schön, begnügen sich damit, vernünftig zu bleiben! Sie schlagen, allen Reizen zum Trotz, Wurzeln.

Wenn es Poesie gibt, ist sie da. Sie muss nicht geschrieben werden.

Nach Engeln Ausschau zu halten, hat Dante sich abgewöhnt, ohne den Glauben an deren Existenz aufgegeben zu haben. Erklären kann er es nicht. Nicht über alles in ihm hat er zu bestimmen.

Vermutungen über die Gestalt der Welt. Ein Wunder, was sonst. Diese Menge an Welt, und auf so engem Raum. Diese Dauer, die sich nicht erklären lässt. Dieses nun schon seit Jahrtausenden andauernde Nachdenken über Raum und Zeit, Geist und Materie, Feuer und Wasser. Stadtmauern stürzten in sich zusammen. Bibliotheken gingen in Flammen auf. Freundschaften gingen zu Bruch, Bündnisse zwischen Beteiligten und Unbeteiligten. Wer hatte recht? In jedem Fall hat Dante recht mit der Bemerkung: Wir, die wir Rätsel lösen wollen, sind selbst welche.

Homer, der in Städten gelebt hat, die sie erst jetzt ausgraben, will sich, was er doch könnte, nicht einmischen. Nein, nicht mehr. Wenn es etwas gibt, das er noch nie hatte leiden können, dann Erklärungen. Nicht einmal vor Gericht würde er sich dazu herablassen, auch unter der Androhung, mit dem Leben bezahlen zu müssen, nicht. *Wie* etwas geschah, ja! Aber keine Erklärung darüber, warum. Er hat es allen Zeitgenossen aller Zeitalter gepredigt: Nichts weiß der, dem ihr zuhört, besser.

Dante kann einem ganz schön auf die Nerven gehen. Da hat die Köchin recht. Aber sie weiß, wie man sich oft genug auch selbst auf die Nerven gehen kann. Also, Schwamm drüber. Den nimmt sie jetzt und reinigt mit ihm das Geschirr, den Herd und darüber die Kacheln. Dann nimmt sie den Besen, um auszufegen.

Immer wieder philosophieren die Herren, wenn sie bei Tisch oder danach noch eine Weile in der Abendsonne zusammen auf einer Bank sitzen, über das, was sie das »gute Leben« nennen, den eigentlichen, einzigen und, wie zumindest Homer behauptet, allein glücklich machenden Sinn und Zweck aller menschlichen Bemühungen.

Für sie, wie sie es versteht, gehört dazu Sauberkeit. Dante hat es oft genug zu hören bekommen. Er solle sich mal Gedanken machen, hat sie ihn wieder und wieder ermahnt, woher all der Staub kommt, mit dem sie täglich auch in Räumen zu kämpfen hat, deren Fenster und Türen kaum je geöffnet werden.

Das hätte sie besser sein lassen, denn damit gibt sie Dante erst recht die Gelegenheit, ihre Küche zu belagern. Endlich hat er, wie sehr sie es auch bedauert, für sein Erscheinen die richtige Ausrede.

Staub? Sand aus der Sahara, von starken Winden in großer Höhe über das Mittelmeer getragen! Der einst wortgewaltige Dichter schmückt seine These dann natürlich noch aus. Er bietet, während sie Staub wischt, alles auf, was eine Wüste hergibt.

Am gleichen Tag, nur Stunden später, ist er wieder zur Stelle.

Staub? Die Unruhe in den Gebirgen, Felsbrocken, die zu Tal stürzen, Geröll, Steine jeder Größe, Muscheln vor allem, die vor Millionen von Jahren, nach dem Abfließen der Meere, übrig geblieben sind, zerrieben wurden und seither Staub produzieren. Der feinkörnige weiße Kalkstein, wie er in den Euganeischen Hügeln vorkommt! Staub, den man glaubt in der Luft anfassen zu können! Ich kenne die Gegend. Bin da mal viel rumgestiefelt zu meiner Zeit. Rauf und runter. Monte Cinto. Monte Venda. Monte Rua. Man kriegt den Staub nicht mehr raus aus den Klamotten.

Er kennt keine Hemmungen. Staub? Der Atem Luzifers!

Dante liefert mit Vergnügen. Er rät ihr auch, das üppige Blühen der Natur, der Pflanzen und Bäume, also die Unmengen an Blütenstaub nicht zu unterschätzen. Die Hunde nicht, die sich kratzen und schütteln. Die Barbiermeister nicht, mit die größten Staubmacher, die er kenne, übertroffen nur von den Marmorsteinbrüchen an der Küste und den Scharen von Bildhauern. Und dass auch der Weihrauch, den sie in den Kirchen gleich kiloweise abbrennen, sich als Staub auf die Gläubigen … Aber das lässt du besser fein bleiben, denkt er, obwohl es ihn mächtig juckt, noch ein bisschen mehr Staub aufzuwirbeln.

Keine seiner Überlegungen dazu überzeugt sie, aber die, wie sie findet, schönste Erklärung hat sie sich, auch wenn sie sie nicht versteht, gemerkt. Staub, erklärt ihr Dante, sei das Abfallprodukt der Geschwindigkeit aller sichtbaren und unsichtbaren Himmelskörper, die die Erde mal weiter, mal näher umkreisen.

Sobald vom Himmel die Rede ist, verweigert die Köchin jeden vernünftigen Gedanken. Der Himmel, dieser große weite Raum, der nirgendwo beginnt und nirgendwo endet, hat nie aufgehört, ihr Gemüt zu beeindrucken. Irgendwo dort hat Gott seine Wohnung, groß genug für alle, die ein Leben lang zu ihm gehalten, zu ihm gebetet, ihn gelobt, gepriesen und seinen Namen heiliggesprochen haben.

Homer spricht zu den Schafen, die nichts kümmert. Spricht von den Gräbern, die allem, was wir sehen, widersprechen. Von der unter Kuppeln gebetteten Wahrheit, dieser, der nächsten, und noch einer. Vom Drama, das vor den Vorhang tritt und sich mit ausgebreiteten Armen verbeugt. Alles habe hier Platz. Der Nebel auf einem See. Die Kunst der Goldschmiede. Die Wiegenlieder unserer Mütter und

Großmütter. So ist es immer gewesen, singen sie, schlaf ein.

Auch Dante, dem er davon erzählt, geht vor allem ein Bild nicht aus dem Kopf, das der Schauspieler, die sich, die Hände ausgebreitet wie Krallen, verbeugen und die Rosen, die ihnen das Publikum auf die Bühne wirft, mit ihren Stiefeln zertreten, was bald aussieht, als stünden sie in einem Blutbad. Sie treten heraus aus ihren Kostümen, werfen die Masken ab. Das Licht der Scheinwerfer spült ihnen die Schminke vom Gesicht. Sie schwitzen. Sie sehen in ihrem Blut wie Tiere aus. Kein Zweifel, sie sind in der Kunst angekommen. Sie sind verrückt. Sie sind geworden, was sie gespielt haben.

IX

Die Jahre haben sich verloren. Aufmärsche auf allen Kontinenten.

Das Grinsen im Gesicht des Gekreuzigten, erst jüngst von Forschern entdeckt!

Wer sich verlassen vorkommt, nimmt den nächsten Zug, ruft die Musen an, schreibt Briefe.

Nur kein falsches Wort, am besten nur Buchstaben in beliebiger Reihenfolge. Wer nichts mehr versteht, hat gewonnen.

Auch die Eiligen, die uns überrunden, sind Gefangene.

Ich will nach dem Schnee schauen, sagt Dante. Die Stelle hat er sich gemerkt. Nun gräbt er. Er freut sich darauf. Schnee im Sommer, den er im Winter vergraben hat.

Homer ist sich im Haus seines Onkels im Traum selbst erschienen. Er betritt ein Zimmer, sieht ein Mädchen, fordert sie zum Tanz auf, entschuldigt sich, dass er sich verspätet hat, sagt ihr, was er sagen will, einmal zu oft, bereut seinen Fehler und macht ihr, allen Mut zusammennehmend, einen Heiratsantrag. An der Bushaltestelle, erzählt er ihr, würden sie die Kutsche nach Athen nehmen, dort das Flugzeug zum Mond besteigen, dann zu Fuß weiter durchs Weltall, wo ein Schiff auf sie wartet. Seinen Berechnungen nach wäre das der Augenblick, sie um einen Kuss zu bitten.

Zurück aus Assisi und Foligno, wo er mit Nonnen der Heiligkeit des Todes gedacht und mit Freunden den Freuden des irdischen Lebens gehuldigt und außerdem einige Tage bei der beginnenden Olivenernte mitgeholfen hat, nimmt der Barbiermeister, bevor er heim nach Venedig fährt, den Umweg in Kauf, um sich nützlich zu machen. Wir sehen ihn, wie er sich, über Homer gebeugt, an die Arbeit macht. Beneidenswert, diese Haarpracht. Beneidenswert der ganze Mann. So einfach er sich gibt, hat der Barbiermeister das Gefühl, sich mit Homer in vornehmer Gesellschaft zu befinden. Kein Mönch in einer Kutte könnte ihm mehr Respekt abverlangen. Keine Gesellschaft ihm mehr Lust machen, sich zu entspannen.

Schon steht der Krug mit dem Wein auf dem Tisch, ein süßer, aber, wie Homer versichert, bekömmlicher Moscato. Anlass genug, die unsicheren, unzivilisierten Zeiten, in denen sie leben, zu vergessen, die Fabriken, die schlechte Luft, den Fortschritt.

Es braucht uns nicht leidzutun, dass Arkadien eine Müllhalde geworden ist, sagt Homer und füllt die Gläser. Hauptsache, das Fleisch der Frauen bleibt treu, ihr selbst in ihrer Nacktheit unbezwingbarer Stolz.

Es ist unwahrscheinlich, dass ich, noch bevor die Sonne untergegangen ist, mit meinen Träumereien noch richtigliege, aber warum alles der Bildhauerei oder Malerei überlassen? Man möchte sie aus den Kirchen holen und sie auf ein Eselchen setzen.

Ganz recht, ganz recht, stimmt der Barbiermeister zu. Auf ein Eselchen setzen! Das gefällt ihm. Er sieht sie schon den Hügel heraufreiten.

Was anfangen mit Göttinnen? Millionen haben sich abgemüht, ihnen den Hof zu machen. Haben den Himmel nach ihnen abgesucht. Haben die Erde gepflügt für sie, Steine geschleppt, ihre Waffen geschultert.

Tun es immer noch, wie wir wissen. Irgendwas in Männern ist aus Steinen gemacht, aus noch härterem Material als Stein.

Und vergessen, was sie im Haus haben. Welchem Mann, mein Freund, war das Nahe je genug? Als ob das Begehren eine Sache ist, die jeder allein mit sich abmacht. Eine Heimlichkeit!

Homer sieht das Kind, das die Mutter tröstet, das Kind, das für den Vater fleht. Und schneidet mit wieder geöffneten Augen eine Melone auf.

Nicht zu viel runter, bittet er, nicht dass ich am Ende wie ein Sklave aussehe.

Bin schon fertig. Übrigens, haben Sie Dottore Belacqua konsultiert?

Wie konnte ich nur. Hab ich das wirklich vorgeschlagen?

Weswegen?

Ob er Ihnen erlaubt, nächstes Jahr mit zur Olivenernte zu kommen.

In einer Schale auf dem Tisch war ein Olivenzweig eingebrannt.

Wenn er zufrieden ist, was meine Fortschritte mit dem Spiel meiner linken Hand angeht, stehen die Chancen gut. Andererseits tut mir nicht nur die linke Hand, der ganze linke Arm tut mir weh. Und der Kopf. Soll, wer will, die Zahl meiner Lebensjahre nachrechnen, aber wie viele es auch sein mögen, Kopfschmerzen hatte ich nie.

Homer, der duldsame alte Mann, nimmt es hin. Oliven ernten, sagt er, kann nicht anstrengender sein als Ravel spielen. Zum Glück gibt es ja, auch wenn der Doktor was dagegen hat, immer noch diesen Mozart.

Etwas Haarwasser?

Bitte nicht, es sei denn, es geht gegen Ihre Ehre.

Mit seinen gepackten Sachen auf dem Weg zum Auto, überblickt der Barbiermeister, bevor er einsteigt, den Hügel. Weit und breit nichts, keine Eselchen, keine Frauen. Gott sei Dank! Er wäre auch, er weiß es, überfordert. Er hat, kaum volljährig und beunruhigt vom Gedanken, sich, was seine Chancen bei Frauen angeht, zu überschätzen, eine Frau geheiratet, die gnädigerweise keine Schönheit war.

Schwere schwarze Wolken am Himmel. Die Freude groß, der Zweck unklar. Man möchte sich in die Erde eingraben. Vielleicht ist es das, was Dante vorschwebt, wenn er, und das ausgiebig, im Kopfstand ausharrt. Rechnet er damit, dass die Zigarette, die er dabei raucht, seine letzte sein könnte?

Dann der Regen, und wie. Als ging ein Wunsch in Erfüllung, gibt der Boden nach. Zwischen den von den Wassermassen ausgespülten Wurzeln der Bäume kommt das dort einst vor Eroberern versteckte Gold zum Vorschein, Gold, das niemand gehört. Keiner, der darauf Anspruch erhebt. Sie werden es, nicht wie wirkliche Menschen, in den Kirchen auf den Altar legen.

Die Stunde, die auf keiner Uhr nachzurechnen ist. Das Ende aller Zahlen.

Geldscheine unleserlich, nass, unbrauchbar.

Wie verlockend jedes Wort, das ungesagt bleibt.

Sollte das Haus des Schweigens je Wirklichkeit werden, das Haus des Verzichts, wie Dante es nennt, so wird es bis auf das Klavier und zwei Betten leer bleiben. Es wird dort kein Buch geben, auch kein Kochbuch, keine Federhalter oder Bleistifte, kein Papier, na ja, den Vorrat an Klopapier ausgenommen. Es wird Wände geben, aber keine Bilder an den Wänden, auch keine Reproduktion eines Giotto-Gemäldes, ganz zu schweigen von den Fotos, die Dottore Belacqua, wenn er seine Visite macht, mitbringt. Was gäbe die Welt nicht für ein Dokument, das Homer zeigt, quietschfidel eine Rübe kauend, oder einen Schnappschuss, Dante im Unterhemd. Was der Doktor nicht wieder mitnimmt, landet auf dem Müll. Im Übrigen hat sich der Doktor, bisher jedenfalls, an seine ärztliche Schweigepflicht gehalten. Vielleicht klebt er, was er geknipst hat, in ein Album, das nach seinem Ableben gefunden wird. Sollte er die Seiten, was nicht auszuschließen ist, beschriftet haben, mit Namen und Datum, wird er sich, obwohl verstorben, glücklich schätzen, die Konsequenzen nicht mehr erleben zu müssen, denn die Menschen – eine Familie hatte er nicht – hätten an seinem Verstand gezweifelt, ihn, da er sich uneinsichtig zeigte, für verrückt erklärt und in die Klapsmühle gesperrt, wo er mit seiner Behauptung, Dante und Homer gekannt zu haben, Jahre hindurch mit beiden befreundet gewesen zu sein, sie ärztlich beraten, mit ihnen gespeist, gelacht und getrunken zu haben, für noch verrückter als nur verrückt angesehen worden wäre. Hätte sich Dottore Belacqua dem Personal sofort nach seiner Einlieferung mit einem unmissverständlichen Io sono Dante vorgestellt oder als der höchstpersönlich unsterbliche Homer, er wäre nicht weiter aufgefallen. Aber so? Schriftliches kann er nicht vorweisen, da beide Dichter wie gesagt keinen Griffel mehr in die Hand nehmen, seit Jahrhunderten nicht mehr, er also auch nichts, was ihn von dem Verdacht befreit, ein geistig schwer gestörter Phantast zu sein, vorlegen kann, zumal er, in seinen Augen eine Selbstverständlichkeit, für seine Dienste nie Rechnungen ausgestellt hat und sich auch sonst nie etwas hat quittieren lassen, schon aus Rücksicht auf ihre Schreibfaulheit nicht. Aber was nutzte das alles.

Dottore Belacqua hat seine Patienten nicht überlebt. Von seinem Tod ist nichts überliefert. Sein Grab ist das eines Unbekannten, der Grabstein brüchig, der Name, auch noch falsch geschrieben, von der Witterung zernagt und zerfressen.

X

Gib auf! Du schaffst es nicht, nicht mit einem Finger in einem Buch.

Dante: Mal angenommen, Homer, unsere Antonella setzt sich in den Kopf, doch noch lesen und schreiben lernen zu wollen, und bittet einen von uns, sie zu unterrichten, was dann?

Homer: Möge der Tag nie kommen.

Dante: Angenommen aber, er kommt?

Homer: Sind nicht Sie der Experte, wenn es um Höllenqualen geht? Und die drohen ihr, so wahr ich Homer heiße. Sagen Sie ihr das.

Dante: Was immer ich ihr erzählen könnte, sie wird mich nicht für voll nehmen.

Homer: Vielleicht hat sie ja einfach nur den Wunsch, einmal in ihrem Leben ihren Namen schreiben zu können.

Dante: Was verspricht sie sich davon?

Homer: Vielleicht denkt sie, dass man im Himmel, um dort reinzukommen, irgendwas unterschreiben muss.

Dante: Denkt sie, weil sie tut, was sie besser lassen sollte, nämlich denken. Ein Jammer!

Homer: Was in ihr blüht, wird verdorren.

Dante: Träume träumen! Oder verdorren!

Homer: Sie wird verwahrlosen.

Dante: Das Essen wird nicht mehr schmecken.

Homer: Sie könnte uns, wenn wir uns weigern, kündigen.

Dante: Wie kommt sie überhaupt auf die Idee, dass es Menschen gibt, die lesen und schreiben können?

Homer: Spricht sich herum.

Dante: Die Leute reden zu viel. Das brachte immer schon Unglück.

Homer: Wir müssen sie beschützen. Wir sind da, um sie zu beschützen. Vor allem vor den Buchstaben.

Dante: Plötzlich wird alles, wofür ich sie bewundert, ja geliebt habe, fragwürdig.

Homer: Vom ersten Tag an bewundert!

Dante: Sie war meine ganze Hoffnung.

Homer: Stiften wir eine Kerze zugunsten eines Wunders.

Er nimmt sich vor, das bei Gelegenheit in Venedig zu erledigen, wo er sich dann gleich auch auf die Suche nach einer Gartenschere machen kann.

Dante: Ein Bund Petersilie neben einem Bleistift und einem Notizblock.

Homer: Eine Schande.

Dante: Jesus war Angler. Sehr fraglich, ob so einer lesen und schreiben konnte.

Homer: Ob er überhaupt je den Mund aufgemacht hat. Geschrieben haben ja andere.

Dante: Schöne Bescherung! Wir können ja nicht so tun, als wären wir weiter nichts als zwei alte Dummköpfe, wenn auch welche mit Manieren.

Homer: Irgendwas jedenfalls muss sie missverstanden haben. Sie hat zwei Schüler als Gäste, nicht zwei Lehrer.

Dante: So was kann einem den ganzen Tag versauen.

Homer: Nicht wiedergutzumachen, was da auf uns zukommt.

Dante: Dann können wir uns darauf gefasst machen, dass eines Tages morgens eine Zeitung vor der Tür liegt.

Homer: Die wir nicht lesen können. Leider, wie wir ihr versichern. Auf die Nummer freu ich mich schon.

Dante: Bravo, mein Freund. Wir machen Fortschritte.

Homer: Wir könnten anregen, Bienenstöcke aufzustellen.

Dante: Ob sie das ablenkt?

Homer: Das kriegen wir hin. Eine weitere Chance, eine Zukunft für uns zu finden.

Dante: Irgendwas muss durchgesickert sein, dass wir mal Schriftsteller waren.

Homer: Ich war nie einer.

XI

Wie einfach ist es, kein Schriftsteller zu sein?

Wir lebten in Zürich und waren Stammgäste in der Kronenhalle, wo mein Mann verehrt wurde, obwohl ihn keiner gelesen hat, weder die Leute, die dort verkehrten, noch der Chef, noch, natürlich, das zuvorkommend höfliche Personal, das mein Mann mit Trinkgeldern geradezu verwöhnte. Aber wie sollte ausgerechnet ich den Leuten einen Vorwurf machen, ich, die ich nie auch nur einen Buchstaben in einem seiner Bücher gelesen habe, mein ganzes Leben nicht. Am liebsten hätte ich ihm geraten, die ganze Schriftstellerei an den Nagel zu hängen. Hätte er mich gefragt, ich hätte gesagt: Schmeiß den Kram hin, lass es sein, hör auf damit, es bringt nichts.

Und es brachte ja auch nichts, außer dass er immer berühmter wurde und wir nicht einmal mehr unerkannt und ungestört am Seeufer die Möwen füttern konnten, weil sich jeder nach ihm umdrehte oder ihn, Gipfel der Unverschämtheit, fotografierte. Er, blind, wie er war, kriegte davon nicht viel mit, aber ich, was nicht angenehm war. Fehlte nur noch, dass sich jemand, und sei's auch nur ein Spaßvogel, vor ihm niederwarf, um sich segnen zu lassen. Wenn er mit seinem Gekritzel, seinem Geschreibsel, mit dem er nicht aufhören wollte, wenigstens Geld verdient hätte! Aber das war nicht, was ihn interessierte. Ich sage Ihnen, was es war, was ihn interessierte. Er wollte Dublin, sein Dublin, neu erbauen, aber keinen Stein auf dem anderen lassen.

Die beste seiner Eigenschaften, von seinem Vertrauen in den Bestand unserer Ehe mal abgesehen? Dass er mich mit dem Kram, den er schrieb, nicht behelligte. Was schlau von ihm war, denn er hätte bei mir auf Granit gebissen. Was sich in all den Jahren in seinem Künstlerkopf an Stürmen und Flauten abspielte, machte er mit sich ab. Ein Einzelkämpfer, was er im Grunde ja auch im Bett war.

Er war, wie Sie wissen, Ire, also ein Verrückter. Ich, ein Mädchen aus Galway, darf das sagen. Er war durch und durch verrückt, was mir, wenn er mich begehrte, gefiel, mir ansonsten aber genug Zeit ließ, mich um wichtigere Dinge zu kümmern. Zwei Kinder großziehen, einkaufen, kochen, ihn, wenn er mich schön haben wollte, nicht enttäuschen. Das alles mit Geld, das ich nicht hatte! Dann diese Reisen von einem Land in ein anderes, in jedem Land diese ewige Umzieherei von einer Stadt in die nächste, in jeder Stadt von einer Wohnung in eine andere. Wenn Sie meinen Rat hören wollen, heiraten Sie nie einen Schriftsteller. Mehr als eine Affäre mit einem sollten Sie sich nicht antun. Ich warne Sie! Ich weiß, wovon ich rede, glauben Sie mir. Sie werden es spätestens dann bereuen, wenn Sie ein Buch von ihm aufschlagen. Da können Sie dann nachlesen, wie ein Genie, und zu welcher Musik, Wahrheit und Dichtung tanzen lässt. Ich habe ihn gewarnt. Wehe, du vergreifst dich an mir. Lass mich aus dem Spiel. Ich bin eine Frau, keine Lektüre.

Es störte mich nicht, wenn er, wie so oft in Triest, betrunken aus dem Bordell kam. Auch wenn wir damals arme Leute waren und er das wenige Geld, das wir zum Leben übrig hatten, wieder mal für Alkohol und Beine, die nicht meine waren, auf den Kopf gehauen hatte, war das für mich in Ordnung, halbwegs wenigstens. Wer schaut schon in so einen Kopf, wie er einen hatte. Er konnte sich manchmal, wenn er heimkam, kaum noch auf den Beinen halten, so betrunken war er, aber er hatte immer ein Geschenk dabei, ein Paar seidene Strümpfe, die ich gleich anprobieren musste, Schokolade, die er mir, ob ich wollte oder nicht, in den Mund schob, ein Parfüm, das er auf der Stelle, und zwar gleich den Inhalt einer halben Flasche, auf die Innenseiten meiner Schenkel rieb. Das hat ihm gefallen. Erzähl mir alles, bettelte er. Flehte mich an, schmutzige Sachen zu sagen. Und dabei redete er. Beichtete mir, was er sah und roch, wie es ihn, was er sah und roch, erregte, wie ihn die Qualen seiner Eifersucht beglückten und ihn seine Selbstverachtung erst so richtig auf Trab brachte. Es war nicht zu übersehen, dass er nicht übertrieb! Und wie rücksichtslos ausdauernd er sein konnte, wie er den Trab verlangsamen oder beschleunigen konnte. Er ritt mich wund. Er hat sich jeden Wunsch erfüllt, und mir – warum lügen? – auch. Ich hätte ihm im Bett jedes Versprechen abringen können, auch das, die Literatur hinzuschmeißen. Ich bin sicher, er hätte um den Preis, mich zu besitzen, wie mich nie einer vor ihm je hätte besitzen dürfen, eingewilligt.

Wenn er über mir in sich zusammenfiel, wechselte er das Thema.

In seiner Manteltasche hatte er gern einen meiner Schlüpfer bei sich, und wenn er ihn verloren hatte, legte ich ihm, was ich gerade unter dem Rock anhatte, auf einen der Stapel mit seinen Notizen, wo auch immer ein Stadtplan von Dublin, eine Stoppuhr und seine Lupe lagen. Seine Hände waren also nicht immer nur mit Schreiben beschäftigt.

Er war das Schwein, das Hündchen spielt. Er biss und gab Pfötchen und war, wenn er sich verausgabt hatte, zwei Tage nicht ansprechbar und obendrein heiser.

Nichts von alldem hätte ich gern anders gehabt. Anderes schon! In meinen Augen war mein Mann mit einer guten Stimme gesegnet. Er war ein Sänger, und was für einer. Er hätte überall auftreten und Geld verdienen können, Geld, das wir gut hätten gebrauchen können. Wie oft standen wir kurz vor der Pleite.

Als er schließlich eine weltweit glühend verehrte Berühmtheit und dann tot war, und ich Mrs. Joyce, seine Witwe, war plötzlich ich es, die interessant war und um Auskünfte über das Werk meines Gatten gebeten wurde, seine Bücher und was ich davon hielte. Was sollte ich sagen? Was erwarteten sie, von mir zu hören? Was hätte mein Mann sich gewünscht, dass ich sage? Er, der aus mir, einem einfachen, ungebildeten Mädchen, eine stolze, selbstbewusste Frau gemacht hat, eine, die er gerade deshalb geliebt hat, wenigstens bilde ich mir das ein, weil ich nie fähig war, mich zu verstellen. Hätte ich ihn hängenlassen, seine Liebe verraten sollen? Ich war nicht mit dem Mann, den sie Joyce nannten, verheiratet.

Ich war Zimmermädchen in einem kleinen, nicht gerade komfortablen Hotel. Mein jugendlicher Verehrer (und, wie ich ihm gleich beim ersten Mal auf den Kopf zusagte, nicht mein einziger!), als er eines Tages durch die Tür hereinsegelte, ein Aufschneider, so einer mit einer Schiebermütze schief auf dem Kopf, einer, der nicht zulassen würde, dass man ihn abwimmelte. Da stand er, breitbeinig, selbstbewusst, ein wenig zu selbstbewusst, wie ich fand, ein Junge, der keinen Zweifel aufkommen ließ, dass er wusste, was er wollte: Mich! Abhauen mit mir! Weit weg! Jetzt gleich!

Vielleicht war ich noch verrückter als er, jedenfalls verrückt genug, all den Leuten der Bibliotheken, Zeitungen oder Universitäten genau das zu sagen, was ich dachte. Ah sì, certo! Seine Bücher? Tut mir leid, keine Ahnung, da bin ich überfragt! Und fertigte sie dann mit der Bemerkung ab, er hätte nicht schreiben, sondern singen sollen, er hätte das Zeug für eine Karriere als Sänger gehabt. Und das meinte ich ernst! Er hatte eine herrliche Tenorstimme.

Mrs. Joyce summt eine Romanze vor sich hin, ein wahres Tortenstück des italienischen Belcanto, das ihm, wenn er es volltönend zum Besten gab, alle Möglichkeiten bot, die Zuhörer in Verzückung zu versetzen.

Abhauen mit ihm. Weit weg. Für immer. Wollen Sie wissen, wie er mich rumgekriegt hat? Die einzige Geschichte, die sich nie ändert, sooft ich sie erzähle. Er holte mich eines Abends nach meinem Dienst im Hotel ab, redete nicht, sagte nichts, kein Wort, was ich bei ihm noch nie erlebt hatte, den ganzen langen Weg zum Wasser hinunter nicht ein Wort. Wir gingen nebeneinanderher. Nein, unheimlich war mir nicht, so bin ich nicht. Ich hätte mich wehren können. Ich war, vermute ich, kräftiger als er und schon das eine oder andere Mal nahe dran, ihn zu ohrfeigen, leicht, als Warnung sozusagen. Aber heute, das spürte ich, hatte er sich etwas vorgenommen. Unten, nah am Wasser, blieb er plötzlich stehen, drehte sich zu mir, nahm mir die Uhr vom Handgelenk und warf sie ruhig, ganz ruhig, aber mit Schwung ins Meer. Verstehen Sie? Platsch!

Was wollten Sie wissen? Ach so, wie einfach es ist, kein Schriftsteller zu sein? Jedenfalls einfacher, als die Frau eines Schriftstellers zu sein. In der Kronenhalle, deren Besitzer mir nach seinem Tod, wann immer ich dorthin zum Essen ging, einen Tisch frei hielt, huldigten sie mir, mehr oder weniger offen, für die Ausdauer, es mit diesem Kauz ausgehalten zu haben. Anders kann ich mir ihr zuvorkommendes Benehmen mir gegenüber nicht erklären. Die Männer, was wahrscheinlich eine ihrer besten Eigenschaften ist, scheinen eben was übrigzuhaben für die Treue, zu der wir Frauen trotz widrigster Umstände fähig sind. Das geht weit über das Talent hinaus, Dinge mit Humor nehmen zu können.

Wie Sie wissen, hatten wir noch andere Probleme, seine Augen, wegen denen er sich, wie ihm die Ärzte geraten haben, nur in dämmrigen Zimmern aufhalten durfte, die Krankheit unserer Tochter, der Schiffbruch mit seinem Theater, die Verdächtigungen wegen Pornographie, aber sein Tenor … Sie hielt inne, suchte nach dem richtigen Wort wie ihr Mann, der, das war nun mal ihre feste Überzeugung, sein ganzes Leben seine Zeit, jede Stunde seiner Zeit, damit verschwendet hatte, nach dem richtigen Wort zu suchen, und gab auf. Hätte er damit nur auch aufhören können.

Homer? Der Name sagt mir was. Von dem haben sie oft geredet, er und dieser Mr. Budgen, der sich mir als Angestellter des britischen Informationsministeriums vorgestellt hatte. Netter, anständiger Mensch! Sie tranken gern zusammen. Mein Mann musste einen Narren an ihm gefressen haben, vor allem wohl, weil er zur See gefahren war, auf einem Dreimaster. Was ich so aufgeschnappt habe, ging es bei ihren Gesprächen um Abenteuer auf dem Meer und auf Schiffen, die untergingen. Für eine Landratte wie meinen Mann natürlich der richtige Gesprächsstoff. Dieser Mr. Budgen war einer, der zuhören konnte, der nie die Geduld verlor und sich auch von dem, was er in seinen Büchern oder in ihren Gesprächen nicht verstand, nicht einschüchtern ließ. Und noch etwas: Ich vermute, dass er alles, was mein Mann bis dahin veröffentlicht hatte, gelesen hatte, was ihm natürlich mächtig imponierte. Er hatte bloß einen Fehler, er hat meinen Mann nur, wenn er was geladen hatte, singen hören. Hat er *Croppy Boy* gehört, das er mit Schmiss hinhauen konnte, Arien aus Opern, zumindest bruchstückweise, Lieder aus dem siebzehnten Jahrhundert, irische Volkslieder? Wär manchmal gern dabei gewesen, allein deshalb.

Ich schäme mich heute noch, wenn ich daran

denke. Einmal lag etwas, das sich dann als ein offenbar aus einem Mantel gefallener Brief herausstellte, im Flur auf dem Boden, ein Brief meines Mannes, der an Mr. Budgen adressiert war. Ich war neugierig, öffnete und überflog ihn, mit keinem guten Gewissen. So was mache ich sonst nicht. Und auch das, was ich dann tat, mache ich sonst nicht: Ich ließ ihn verschwinden. Es war mir peinlich, was mein Mann da geschrieben hatte, obwohl mir nicht neu war, dass die Aufzählung meiner körperlichen Vorzüge zu seinen Lieblingsbeschäftigungen gehörte. Ich sei, stand da, ein delikates und provokantes Ding. Na ja, das war eben seine Meinung, und ganz falsch war sie ja nicht! Wie es schon meine Mutter mit unserem Vater gehalten hat: Gib einem Mann, was immer er sagt oder tut, das Gefühl, die Verteidigung seiner Männlichkeit sei erfolgreich gewesen. Aber dann, weiter unten, kam es noch dicker: Ich sei das vollkommen gesunde volle amoralische befruchtbare unzuverlässige fesselnde gerissene beschränkte vorsichtige gleichgültige Weib, mein schönstes Ja! Da musste ich erst einmal durchschnaufen. Beschränkt ja, aber unzuverlässig? Gleichgültig ja, aber gerissen? Was er in seiner Aufzählung zu erwähnen vergessen hat, ich bin altmodisch. Es gibt Dinge, die, so sehe ich das, besser in der Familie bleiben.

Mein schönstes Ja! Er hat nie widerrufen.

Mein schönstes Ja! Wie sagt mein Metzger, wenn

er mir die Rechnung aushändigt? Es zählt nur das unterm Strich.

Aber sonst? Wer dieser Homer war? Keine Ahnung. Lebt er noch?

»Homer und Joyce, zwei blinde Sänger, zwei Männer im Exil, Männer verschiedener Vergangenheiten, eine Zeitspanne, die Gefühle in Tatsachen verwandelt.«

Budgen, der Joyce in den rund zwei Jahren seines Aufenthalts in der Schweiz fast täglich begegnet war, hatte sich für ein Buch, das er eines Tages über ihn zu schreiben sich vorgenommen hatte, immer wieder, wenn auch sehr unregelmäßig Notizen gemacht.

»Ich glaube, dass Joyce, wenn seine Augen mal wieder unters Messer mussten, seine Bruderschaft mit Homer die Angst vor völliger Erblindung nahm. Dass es Homer gab, und wenn es nur der Name war, den es gab, hat seine Nerven beruhigt.«

»Der Grieche und der Ire! Was für eine Verwandtschaft! Wir wissen, wie ausgesprochen wählerisch und anspruchsvoll Joyce war, was seine Familienangehörigen betraf. Es gehörten Bergziegen ebenso dazu wie keltische Krieger, irische Sänger oder in Zürich lebende Griechen.«

»Homer mit Joyce, der während der Fahrt die ganze Unterhaltung allein bestreitet, zusammen in einem Taxi! Die unverhoffte Freude, die sich einstellt, sobald man sich von einem verstanden weiß, der wie kein

Zweiter, dem zu begegnen man kaum erwarten konnte, zu schweigen versteht. Wenn Joyce richtig gehört hat, hat Homer nur eine Bemerkung von sich gegeben, die lautete: Schlechte Sichtverhältnisse, wobei unklar blieb, worauf sie sich bezog, auf den Zustand seiner Augen, die Straßenbeleuchtung, die durch Schlieren verschmutzte Windschutzscheibe.«

»Homer, der Abwesende, der einen Lebensstil pflegt, der keine Spuren hinterlässt, außer dem Ruhm, den zu verleugnen er nicht müde wird.«

»Homer zu Joyce zum Abschied: Ich bin sicher, dass eine Begegnung zwischen uns nie stattgefunden hat. Der gleichen Ansicht war übrigens auch Joyce. Ich habe Sie nie gesehen, soll er zu Homer gesagt und ihn damit beruhigt haben.«

»Ihre ästhetische Anforderung an die Welt betraf nicht deren Sichtbarkeit.«

»Wenn ihre sich mehr und mehr eintrübende Sehkraft nicht heilbar war, mussten eben andere Heilkräfte her, die Unschärfe scharf zu stellen, Gesang für Gesang, Kapitel für Kapitel. Da blieb keinem Zeit, sie mit Unzufriedenheit darüber zu verschwenden, keine Minute, mit dem Schicksal zu hadern. Was taten also unsere Helden? Sie haben die Geduld neu erfunden! Haben die Geduld, eingeladen zu bleiben, sich wohl zu fühlen, sich mit ihnen Zeit zu lassen.«

»Joyce, der ein paar Gläser getrunken hatte, im Restaurant Pfauen, als er auf die Sixtinische Kapelle und Michelangelo und ›Die Erschaffung Adams‹ zu sprechen kam: Wenn sich Finger berühren, schaffen sie ein Universum.«

Darauf ich: Aber sie berühren sich ja nicht.

Joyce: Richtig, sie berühren sich nicht. Dann, nach einigem Nachdenken: Das ist die Definition von Kunst.«

»Joyce, einige Abende danach, während eines Spaziergangs auf der Bahnhofstraße: Keiner verdankt der Kraft der Geduld mehr als einer, der nichts mehr sieht. Niemand wird, was die Weisheit aller Religionen ›das innere Licht‹ nennt, geduldiger erkennen und zu deuten lernen.«

Mrs. Joyce, die nur die Illustrierten las, sie eigentlich nur durchblätterte, wenn sie im Wartezimmer ihrer Ärzte herumlagen, hätte an Dante und Homer, was ihren Entschluss, mit dem Schreiben Schluss zu machen, jedenfalls nichts auszusetzen gehabt. Sei's drum. Ich werde für Interviews nicht mehr zur Verfügung stehen, und das so lange, bis ich, was ich mir wünsche, in seinem Grab neben ihm liegen darf.

XII

Darüber, wie, wann und wo sich Dante und Homer kennengelernt haben, herrscht bis heute Rätselraten. Es gibt verschiedene sich widersprechende, geradezu abenteuerliche Vermutungen, aber, wenig verwunderlich, keine einzige irgendwie nachprüfbare Version. Nicht einmal die, die es wissen müssten, Dante und Homer nämlich, sind sich einig, und nicht nur das; sie scheinen nicht den geringsten Ehrgeiz zu haben, sich überhaupt einigen, den jeweils anderen von seiner Sicht der lange zurückliegenden Ereignisse überzeugen, geschweige denn unbedingt recht behalten zu wollen.

Wie ist was in Erinnerung geblieben? Anders gefragt, welchen Schaden hat beiden ihr nun bereits Jahrhunderte andauerndes Training, so viel Erinnerung wie möglich zu löschen, in ihren Köpfen angerichtet? Homer hat nämlich schon seit längerem den Eindruck, dass sein Freund sogar seine vielleicht kostbarste, stärkste Erinnerung, die an seine beiden jungen Jungfrauen, durcheinanderbringt, bald beide gesehen, dann wieder nie gesehen haben will. Er bringt auch die Landkarte durcheinander, sagt Verona, wenn er Florenz meint oder umgekehrt. Andererseits, ist es denn nicht genau das, was Homer Hoffnung macht, in ihren Übungen, das große, eines Tages vielleicht absolute Vergessen erreichen zu können, Fortschritte gemacht zu haben? Da will sich keiner eine Blöße geben. Nur nicht recht behalten wollen, jedenfalls nicht, was Zeitpunkt, Ort und Umstände betrifft.

Und so hört sich das dann an. Ja, kann sein. Nicht unmöglich, wenn auch nicht wahrscheinlich. Doch, ja, klingt glaubhaft, aber trotzdem. Ich halte dagegen. Ich wette. Ich vermute. Ich traute, ehrlich gesagt, meinen Augen nicht, als ich Sie da seelenruhig in der Sonne bei einer Tasse Kaffee sitzen sah. Kaffee? Vertrage ich gar nicht. Sie waren nicht allein. Und wie ich allein war. Ich kann mich nicht mehr an das Jahr, aber an den Ort erinnern. Sie haben mir mit einer Kraft auf die Schulter geklopft, die ich einem wie Ihnen gar nicht zugetraut hätte. Es war Sommer. Sommer? Was nur beweist, wie man sich täuschen kann. Nie waren Winde kälter. Ein Tag im Frühling. Pisa wie nie zuvor seit Menschengedenken eingeschneit. Regen in Venedig. Nicht Regen, Nebel. Ich wäre um ein Haar an Ihnen vorbeigelaufen. Worüber sprachen wir? Sie haben mir eine ziemlich komische Geschichte über einen bestimmten, einen auch noch unsichtbaren Stern erzählt und etwas über die Apathie des Unendlichen. Unlösbare Rätsel. Ich traute mich ja wegen der Unruhen lange kaum noch aus dem Haus. Ich habe Sie gleich erkannt, wie Sie da in der Dunkelheit auf der Straße standen wie jemand, der sich verlaufen hat. Nach dem Kinnhaken war ich sicher, mein Kiefer ist gebrochen. Was war mit dem Traum, von dem Sie mir erzählt haben, der von der blumenpflückenden Lea? Das ungesetzliche Trinken. Ich dachte mir, dass Sie sich den Zorn Helenas redlich verdient haben, die Sie immer mit Penelope angeredet haben. Dass ich nicht lache! Der große Homer, der Erste unter den göttlichen Dichtern, steht da und sucht nach seiner Brille, die ihm von der Nase geflogen ist! Wir sind dann doch noch auf einen Sprung zu Nannetti's was essen gegangen, oder? Tintenfische, ein schlampiger Brei, unter uns gesagt! Sie haben mir auch noch Geld gestohlen. Schon damals gab es wenig, was mich noch überrascht hätte. Nicht einmal, dass wir noch am Leben sind.

Das immerhin ist zwischen ihnen unbestritten: Sie leben noch. Unbestritten auch, dass sie dieses Geheimnis, komme, was wolle, für sich behalten werden, ein Versprechen, das zu brechen, abergläubisch, wie sie sind, ihren Tod bedeuten könnte. Es geht ihnen, sie sind ja keine Träumer, auch nicht darum, sich bis in alle Ewigkeit gegen den Tod behaupten zu wollen. Er wird kommen, wie er für jeden Sterblichen kommen wird. Noch aber scheint Zeit zu sein, sich der alles andere als einfachen, aber doch auch unterhaltsamen Aufgabe zu widmen, nicht als das Lebewesen sterben zu müssen, als das sie geboren worden sind; was so viel bedeutet wie, was ihr Schicksal betrifft, Revision zu beantragen.

Kein Fall für Öffentlichkeit! Es schmerzt, sich mögliche Folgen vorzustellen: Entdeckung, mit angemessenem Respekt erfolgte Festnahme, eingehende medizinische, insbesondere geriatrische sowie psychiatrische Untersuchungen, Erstellung und Auswertung weniger erster Ergebnisse.

Erste Gerüchte, die nach außen dringen, gleich darauf erste juristische Aktivitäten, auch zur Klärung der Frage, wer die Rechteinhaber an den ohne Papiere festgesetzten Personen sind, die nicht nur ihre Namen nicht preisgeben, sondern auch jegliche Mitarbeit zur Klärung ihrer Identität sowie aller sonstigen offenen Fragen auf freundliche Weise verweigern; und nicht ahnen, dass sie durch die Aussagen ihrer Köchin längst entlarvt sind. Wer ist zuständig? Im Falle Dantes der italienische Staat? Was Homer betrifft, meldet neben Griechenland auch die Türkei Ansprüche an.

So vergehen zwei Jahre. Ein Klacks angesichts der Jahre, die beide auf dem Buckel haben.

Nach einer Vielzahl sowohl diplomatischer wie kulturpolitischer Aktivitäten bis zur endgültigen Klärung des besonderen, ungewöhnlich komplizierten und in der Menschheitsgeschichte bisher, soweit bekannt, noch nie vorgekommenen Falles Überstellung an einen geheimen Ort, nachdem Gesuche einiger Golfstaaten, darunter Abu Dhabi und Oman, die vermutlich sehr berühmten Männer umgehend mit gültigen Papieren, der Staatsbürgerschaft der Vereinigten Arabischen Emirate versehen und, ihr Einverständnis vorausgesetzt, ins Exil ausfliegen zu wollen, abgelehnt worden waren, aus, wie es offiziell hieß, Gründen der Pietät. Vermutlich war dann, wie nicht unüblich in solchen Fällen, Geld geflossen, denn schon bald war das Geheimnis um den geheimen Ort wenigstens teilweise gelüftet; es soll sich um das Kloster Sant Pere de Rodes in den letzten Ausläufern der Pyrenäen handeln, wo sie, kaum glaubhaft, unter künstlichem Licht und ernährt mit Nahrung aus Tuben, bis auf weiteres interniert bleiben sollen. Alles, was sie von sich geben, wird von versteckt angebrachten Mikrophonen aufgezeichnet.

Weder Dante noch Homer zeigen sich weiterhin in irgendeiner Weise kooperativ. Sie äußern sich nicht zu ihrem Leben, ihrem Alter, ihrem Beruf. Sie sehen vorerst auch keine Veranlassung, den Verdacht abzustreiten, die Verfasser ihrer Bücher zu sein. Alles ruht noch. So leben Dante und Homer, frei von ruhmsüchtigen Regungen, in der Idylle ganz anderer, den Behörden völlig unbegreiflicher Interessen. An einer glücklichen Heimkehr zweifeln sie so wenig wie Odysseus, jener Held des geduldigen Ausharrens, für dessen Geschichte Homer das bis heute unübertroffene Beispiel lieferte. Das Einzige, was ihnen zu schaffen macht, sind die während der langen Winter nur ungenügend beheizbaren Räume, die sie bewohnen.

Versuchen wir den Überblick zu behalten. Dante und Homer, ja was? Gefangene? Klosterbrüder? Zwei alte Knacker, die bald, mehr als ihnen lieb sein wird, eine Menge Staub aufwirbeln werden? Zwei harmlose, selbstgenügsame, höfliche alte Herren, die sich über nichts, was mit ihnen geschieht, beklagen? Die keinen Rechtsbeistand anfordern, keinerlei Sonderwünsche haben, gut und lange schlafen, im Klostergarten in der Sonne liegen, an der Eintönigkeit, die ihre Tage und Wochen leicht hätte zur Qual werden lassen können, wie es scheint, Gefallen finden? Zwei, die sich nicht wichtiger nehmen als jeden ihrer Bewacher?

Man teilt ihnen mit, sie dürften, falls sie wollten, Briefe schreiben, was sie dankend ablehnen. Wie sie auch ablehnen: die Bibliothek des Klosters überhaupt eines Blickes zu würdigen. Nein, danke! Ihre Höflichkeit, ihr Gleichmut, ihre Liebenswürdigkeit, die völlige, an Sanftmut grenzende Ergebenheit in ihr Schicksal machen ihre Bewacher insgeheim zu Bewunderern dieser Männer, was zu äußern sie sich natürlich verkneifen. Sie sind dienstlich hier, nicht um von ihren Pflichten abgelenkt zu werden. Laut Dienstvorschrift haben sie, wenn auch nicht offen sichtbar, Waffen zu tragen, kommen sich mit ihrer Munition (und ihren genagelten Stiefeln) aber mehr kostümiert als bewaffnet vor. Ein wenig lächerlich sogar. Ein wenig zu lächerlich. Wie Männer, die einen Dienst versehen, der ihnen nichts abverlangt als Besonnenheit, Geduld und das Eingeständnis, durch ihr Nichtstun überfordert zu sein.

Sie sehen, worauf ich hinauswill. Sie sind vom Schweigen der Männer beeindruckt, sehen aber die Wahrheit nicht, spüren kaum den Schock, der an ihnen rüttelt. Schreiben sie, während sich Aktenordner mit Dokumenten füllen, nicht Literatur-, Kultur-, wenn nicht Weltgeschichte? Lädt nicht alles zur Betrachtung eines Geheimnisses ein? Die Welt ist den Burschen ja schon seit Jahrhunderten immerhin einiges schuldig.

XIII

Und die Köchin? Sie zeigt sich unbeeindruckt, ohne eine Spur von Anteilnahme, nennt aber Namen. Daraufhin wird auch sie, was naheliegend ist, auf ihren Geisteszustand hin untersucht; ohne sie belastende Resultate. Die Frau hat, keiner will das bestreiten, einen einfachen, klaren Verstand. Sie ist uneitel, macht sich nichts vor, lügt nicht, wirkt glaubwürdig und sympathisch. Weitergehende Auskünfte über die Herren Dante und Homer kann die alte Dame nicht liefern. Sie sagt, was sie weiß. Sie habe Schönes geträumt, sagt sie. Als sie gebeten wird, das Protokoll, das die an ihr vorgenommenen Untersuchungen und die Gespräche mit ihr festhält, zu unterschreiben, erbittet sie sich einen Buntstift und malt damit drei Kreuze, die aber nicht einfach nebeneinander, sondern, fast künstlerisch, in der räumlichen Anordnung der Kreuzigungsszene auf Golgatha.

Zum ersten Mal also Namen! Zwei Schläge auf die große Trommel! Wer als Beamter noch am Tropf seiner Selbstliebe hängt, kann die Geräte abschalten.

Die Ersten gehen erst einmal an die frische Luft, andere stellen sich auf den Toiletten vor die Spiegel, um ihre Gesichter nach Spuren beginnenden Wahnsinns abzusuchen. Wem noch Resturlaub zusteht, der greift zum Hörer. Wer sich nur einfach an den Kopf fasst, will sichergehen, dass er noch einen hat. Er könnte genauso gut seinen Stammtischbrüdern erzählen, dass er Jesus gesehen hat, wie er über das Wasser ging.

Der Barbiermeister, ein eifriger Zeitungsleser, entsorgt umgehend alle Zeitungen, die er gelesen hat, als gälte es, Spuren zu tilgen, Spuren, die ihn als Komplizen verdächtigen und ihn, seine geliebte Ehefrau, seine gesamte Existenz in Gefahr bringen könnten. Er nimmt sich die Sache so zu Herzen, dass er mehr und mehr unter Schlaflosigkeit zu leiden beginnt, was wiederum mehr seine Frau als ihn selbst in Besorgnis versetzt. Als sie einmal, völlig ahnungslos, wissen will, was denn seine Freunde so trieben, ob er sich mit ihnen, weil er sie fast nie mehr erwähne, zerstritten habe, zittern seine Hände. Er, ein bis dahin gesunder, belastbarer, tatkräftiger Mann, verfällt zusehends. Besonders zu schaffen macht ihm das Zittern, wenn er, mit dem Rasiermesser am Hals eines Kunden, auf Dante und Homer angesprochen und auch noch um seine Meinung dazu gebeten wird und der arme Mann seine Arbeit unterbrechen muss, weil er nicht weiß, was er sagen oder, seinem Freund zuliebe, verschweigen soll. Ein ungeschicktes Wort könnte ihn verraten. Eine ungeschickte Bewegung mit dem Rasiermesser, und es fließt Blut. Er spürt, dass er nicht das Zeug zum Helden hat, bis in seine Hühneraugen.

Die Nächte ohne Schlaf setzen ihm zu. Was, wenn irgendeiner seiner Kunden, der ihn einmal bei einem seiner Besuche in seinem Geschäft oder den gemeinsamen Spaziergängen mit ihm in seinem Viertel in Venedig gesehen haben könnte, ins Plaudern kommt, noch dazu vor anderen seiner Kunden? Schließlich lesen alle, gebildet oder ungebildet, Zeitung. Er grübelt darüber nach, wie es zu diesen Nachrichten überhaupt hatte kommen können. Was war geschehen? Ein nasses Handtuch, das war es jetzt, was er nötig hatte. Kaltes Wasser! Eine Erfrischung, die seine Nerven beruhigt. Welchem Arzt soll er sich anvertrauen? Welchem Freund? Hat er überhaupt welche? Wenn er nichts gegen das kaum noch kontrollierbare Zittern unternimmt, wird er womöglich recht bald seine Arbeit aufgeben müssen.

Der Schneider aus Smyrna liest keine Zeitungen, und wenn, nur die Börsenberichte.

Dante und Homer geraten mehr und mehr in die Schlagzeilen und werden entsprechend prominent vermarktet.

Wenigstens das funktioniert: Es gibt vorerst keine aktuellen Fotos der beiden. Trotzdem: Heimliche Überbringung der Gefangenen zurück nach Italien, ins Kloster Santa Croce di Fonte Avellana, ein Ort, den Dante vor Ewigkeiten zu Studienzwecken schon einmal aufgesucht hatte. Dort verbringen sie weitere drei Jahre.

Um jedes Aufsehen zu vermeiden, werden Dante und Homer, von zwei Patres begleitet, durch einen langen, vor Jahrhunderten (Dante war da bereits ein Mann mittleren Alters) unterirdisch angelegten Gang geführt und mitten auf einer Wiese in die Freiheit und die Nacht verabschiedet. Sie werden, so ist es beschlossen, zu ihrer Sicherheit noch ein halbes Jahr als im Kloster anwesende Personen geführt.

Halten wir an dieser Stelle einen Augenblick inne. Weitere drei Jahre? Eine Menge an Jahren – für was eigentlich? Warum nicht gleich lebenslänglich? Oder auf Nimmerwiedersehen Verbannung auf die Osterinsel? In die Arktis abschieben und einfrieren? Wie diese Last loswerden? Wie zwei Menschen entsorgen, ohne sich eines Verbrechens schuldig zu machen, noch dazu diese hier, die mit jedem Tag jeden Jahres wegen ihrer Freundlichkeit, ihrer Höflichkeit, ihrer Bereitschaft, allen Anweisungen ohne Murren Folge zu leisten, immer beliebter wurden? Und auch sonst keinem der Beamten Sorgen bereiteten? Hat sich je einer von ihnen krankschreiben lassen? Hatten sie Sonderwünsche? Nein! Meckerten sie über das Essen? Nein! Stellten sie Anträge auf Verwandtenbesuche? Nein! Hatten die beiden vielleicht heimlich ein Verhältnis miteinander? Es ergaben sich dafür trotz Überprüfung keine Anhaltspunkte. Gut, sie redeten wenig. Sie verweigerten weiterhin Auskünfte über ihre Identität, aber nie ungehalten oder gar aufsässig. Man kann sich die rauchenden Köpfe der zuständigen Beamten leicht vorstellen. Keiner will einen Fehler machen. Es wird äußerste Geheimhaltung angeordnet. Man spielt auf Zeit. Die Öffentlichkeit, so wenigstens hofft man, wird langsam das Interesse verlieren; eine Hoffnung, die, wie sich herausstellt, auf ganzer Linie enttäuscht werden wird. Der Vorschlag eines für die Provinz Pesaro zuständigen Kulturbeauftragten, in die Offensive zu gehen, wird nach langen, monatelangen Beratungen verworfen. Wie sollte eine Offensive in diesem Fall auch aussehen? Eine Pressekonferenz einberufen? Einen sogenannten Tag der offenen Tür ankündigen? Sie heimlich in einer Limousine mit verdunkelten Scheiben zu einem Treffen mit dem italienischen Kulturminister, am besten vielleicht gleich mit dem Staatspräsidenten nach Rom befördern, Abendessen im kleinen Kreis, ein, zwei Fotografen zugelassen (nein, warum zwei, besser nur einer), das Fernsehen nicht, auch keine Journalisten natürlich?

Sie sehen, die Sache war heikel, wenn nicht unlösbar.

Die Erwähnung von Fotografen brachte einen der Klosterbrüder, den das alles, auch weil ihm der Magen knurrte, zu langweilen begann (er spielte ungeniert mit seinem Rosenkranz, den er sich wie eine Perlenkette um den Hals geschlungen hatte), auf einen Gedanken, den bisher noch niemand ausgesprochen hatte. Gibt es von unseren Gästen eigentlich Fotos? Waren sie überhaupt jemals fotografiert worden?

Alle schauten sich an. Warum war bisher noch keiner auf diese Idee gekommen? Sie ablichten!

Ein bisschen Offensive, nicht viel, und so recht wusste keiner, was sich damit an dem Problem, das sie zu lösen hatten, ändern sollte.

Zwei Tage später wurden Dante und Homer vor die Linse gebeten. Sie hatten, unkompliziert, wie man sie kannte, nichts dagegen.

Machen wir es kurz. Sie wurden fotografiert, der Film wurde entwickelt, die Fotos gingen nach dem Morgengebet von Hand zu Hand. Alles war zu sehen, die Wände, das Kruzifix, das Bett, der Tisch, die Karaffe mit dem Wasser, nur Dante und Homer nicht. Alles gestochen scharf, Capitano Flaccadori (ernst, in voller Montur) am rechten, Bruder Ignatius (milde lächelnd) am linken Bildrand, nur in der Mitte: nichts! Keine Spur von Dante und Homer. Fehlanzeige. Nichts zu sehen von ihnen, absolut nichts.

Machen wir es noch kürzer. Jede neue Sitzung, bald ein Dutzend schließlich, mit den besten auf dem Markt befindlichen Fotoapparaten erbrachte das gleiche Ergebnis: Alles klar und deutlich sichtbar, Dante und Homer unsichtbar.

Waren sie mit dem Teufel im Bunde?

Man übergab die belichteten Filme zu weiteren Untersuchungen den für Spionage zuständigen staatlichen Labors. Die Auswertung fiel mager aus.

Unheimlich das Ganze, unerklärlich. Oder, wie es Gläubigen leichter von der Zunge geht: ein Wunder! Fehlt nur noch die Mobilmachung in göttlicher Mission: Nehmt euch, Brüder in Gott, einen Tag frei und einen Fotoapparat und knipst den Heiligen Geist!

Noch nie haben die Brüder mehr miteinander geredet, mehr getuschelt und geflüstert als in den zurückliegenden drei Jahren. Sie werden sich auf einen harten Entzug gefasst machen müssen. Sie werden ihre Ruhe wiederfinden und hinaus in die Stille zu hören neu lernen müssen. Was hat Gott ihnen mit dem Erscheinen und Verschwinden dieser beiden Geschöpfe zu verstehen aufgegeben? Wenn sie die Dichter waren, die zu sein sie leugnen, ist, was sie leugnen, ernst zu nehmen.

Mehr als in der Bibel und den Schriften der Kirchenväter lasen die Brüder des Klosters inzwischen in der *Ilias* und der *Odyssee* und der *Göttlichen Komödie*. Sie wollten sich nicht nachsagen lassen, nicht alles Menschenmögliche zur Klärung des Falles beigetragen zu haben. Als Beweisstücke, das sahen sie bald ein, waren ihre Lektüren wenig brauchbar.

Dante und Homer war das, verständlicherweise, unangenehm, letzten Endes aber egal. Wie auch ein ins Gespräch gebrachter Schriftproben- und Bildervergleich! Sie versuchten wirklich alles! Sah der Mann, der sich weigerte, sich Dante zu nennen, nicht dem Dante auf Raffaels *Disputa* ähnlich? Und der auf dem Gemälde von Domenico di Francesco oder der in einer in Florenz aufbewahrten Handschrift der Biblioteca Riccardiana Abgebildete nicht auch? Andererseits: Dante starb in der Nacht vom 13. zum 14. September 1321 in Ravenna.

Dante: Ist das ein Gedicht oder ein Datum?

Allen Zweifeln und Ungereimtheiten zum Trotz mehren sich die Stimmen, die an der Möglichkeit des Unmöglichen Gefallen finden, allen voran natürlich die Poeten, die schon immer was übrighatten für die Aktualität der Antike (nehmen wir als Beispiel nur den Vers des spanischen Dichters Antonio Machado: »Es ist der Wind in den Augen Homers, das vielstimmige Meer in seinen Ohren, was wir Aktualität nennen«), gefolgt von renommierten Forensikern, von in der Fachwelt anerkannten Rechtsmedizinern, von Experten, die nach im menschlichen Körper möglicherweise vorkommenden, bisher unentdeckt gebliebenen Immunstoffen forschen, insbesondere solchen gegen das Altern der Zellen.

Zwei Männer, durch keine Angebote, welcher Art auch immer, verführbar, haben kein Problem, standhaft zu bleiben. Nichts bringt sie aus der Ruhe, nichts in Verlegenheit. Sie lehnen es weiterhin ab, sich zu erklären. Homer, das epische Großereignis, schweigt. Wie Dante schweigt, den sie den »Vater der italienischen Sprache« nennen.

Schlagen wir inzwischen ruhig mal ein paar Zeitungen auf, die sich, entsprechend ihrem Niveau, überboten mit Aufmachern wie:

»Die Toten leben – das Neueste aus der Vergangenheit!«

»Wollen die uns für dumm verkaufen? Homer und Dante sollen noch am Leben sein!«

»Dante im Knast – wie göttlich ist denn diese Komödie?«

»Die Weltliteratur und ihr 1. April!«

»Einer, der nie gelebt hat, aufgetaucht!«

»Das Ende der Odyssee: Homer verhaftet!« Das gleiche Blatt, ein Satiremagazin, kündigt für eine der nächsten Ausgaben ein Interview mit James Joyce an.

Ein Journalist unter der Überschrift »Science-Fiction mal anders«: »Es wurde auch langsam Zeit, dass die Mona Lisa endlich Konkurrenz bekommen hat.«

Kann man das alles noch überbieten? Man kann. Der britische Historiker und Linguist Andrew Dalby jedenfalls versuchte es. In seinem Buch *Rediscovering Homer* stellt er – laut einer Nachricht im Corriere della Sera – die Behauptung auf, Homer sei eine Frau gewesen.

Die 1865 in Dresden gegründete erste Deutsche Dante-Gesellschaft, die älteste aller bestehenden internationalen Institute, soll zu einer Krisensitzung zusammengekommen sein.

Erste Anfragen, den Helden der Weltliteratur Ehrendoktorwürden antragen zu dürfen.

Vor allem eine Frage macht die Runde: Dürfen sich die literarisch interessierte Öffentlichkeit und der Rest der Welt auf unbekannte neue Werke der beiden Heroen freuen? Was Homer betrifft, sind die Ansprüche hoch, besonders in der Welt der Verlage, die sich Rekordumsätze versprechen: Aufstieg und Fall Napoleons in vierundzwanzig Gesängen, ein Krimi rund um die Französische Revolution, ein Buch über Kolumbus, der nicht Amerika entdeckt, sondern dort landet, wo er ursprünglich ja hinwollte, in Indien, oder, ganz was Unerwartetes, humoristische Erzählungen. Bei Dante gehen die Erwartungen in Richtung einer großen Dichtung über Jesus, der im Paradies aufräumt, daneben Hoffnungen auf ein radikales politisches Pamphlet, eine Abrechnung mit den Mördern auf dem Heiligen Stuhl, naturwissenschaftliche Betrachtungen über Wasser und Erde, die Dante, wie bekannt, begonnen, aber nicht bis zur Vollendung ausgearbeitet hat, oder ein Bändchen mit erotischen Gedichten.

Die Nachricht erreicht schließlich auch New York, wo man, gut amerikanisch, nicht lange fackelt und, im Gegensatz zum intellektuellen Europa, nicht erst wasserdichte Beweise abwarten will. Am schnellsten reagieren die Betreiber der *Trattoria Dante Caffè Dante* in Greenwich Village (geöffnet täglich von 10.00 bis 1.00), die unter dem Motto »Alte Kinder« (dieser Ausdruck war in einem Artikel in Zusammenhang mit den italienischen Ereignissen rund um die Dichter gefallen!) einen Kostümball zu Ehren ihres Namenspatrons steigen lassen. Die Annahme, dass es in diesem als Künstlerviertel bekannten Stadtteil genug »Alte Kinder« geben müsste, erwies sich als richtig. Die ganze MacDougal Street war so voll wie in den besten Hippietagen nicht, die Stimmung von Beginn an ausgelassen. Die meisten der Lorbeerkränze, von den Veranstaltern als obligatorisch angesehen, waren aus Marihuanapflanzen geflochten und wurden im Lauf der Nacht zu Joints weiterverarbeitet. Die Kellner trugen T-Shirts mit einer großen 9 auf dem Rücken, darunter in Großbuchstaben FREE DANTE. An der Bar war ein Platz frei gehalten worden in Erwartung des betagten Ehrengastes. Auf der Speisekarte waren die Spaghetti al dente in Spaghetti al Dante umgetauft worden. Es gab reichlich zu trinken. Dantedrinks. Homercocktails. Bier Beatrice. Ein rauschendes, berauschtes Fest mit Musik und Tanz: Niemand schonte sich. Man sah Hundertjährige am Joint ziehen und danach zur Gitarre greifen oder mit ungeahnter Ausdauer mit jungen Mädchen tanzen.

Vereinzelten Zwischenfällen in freier Liebe wurde applaudiert.

Wie später aus Polizeikreisen verlautete, habe man an diesem Abend auf Festnahmen verzichtet.

Andererseits, was für ein Tiefschlag! Was für ein Ende! So hat sich Homer sein Haus des Schweigens nicht vorgestellt und Dante, mit Rauchverbot belegt, sein Haus des Verzichts auch nicht. Stattdessen pochen ergraute Hellenisten und Dante-Exegeten, Homer- und Dante-Übersetzer, Studenten und Professoren aus aller Herren Länder an der Klosterpforte.

Homer, wie um ihn originalgetreu wiederherzustellen, wurde sein Rasierzeug beschlagnahmt. Er trägt wieder, wenn auch gezwungenermaßen, wie ihn die Welt kennt, Bart.

Dante tritt, nachdem sich, was zu erwarten war, auch der Vatikan einschaltet, in den Hungerstreik, den Homer ihm aber ausreden kann.

Aus reinem Vergnügen, sollen sie es ruhig mitschneiden, spricht Homer, wenn ihm danach ist, mit den Toten. Die Experten, die die Bänder abhören, verstehen kein Wort und vermuten deshalb Schlimmstes. Sie bitten den greisen Dichter um Aufklärung. Ach, sagt er wahrheitsgetreu, ich habe nur meine alte Gewohnheit wiederaufgenommen, mich aus dem Diesseits bei Freunden im Jenseits zu melden. Sie waren, und das zu Recht, richtig böse, weil ich mich so lange nicht mehr bei ihnen gemeldet hatte.

Sie reden mit Toten?

Homer: Was dagegen?

In welcher Sprache?

Homer: In welcher Sprache? In deren Sprache.

Noch ist die von ihnen angestrebte Verwandlung nicht zu Ende gebracht, vielleicht ist sie noch nicht einmal vernünftig zu Ende gedacht.

Zurück in der Freiheit, nehmen sie ihren Wettstreit um das gute, das richtige, das bessere Leben wieder auf. Sie lassen eine Welt zurück, vor der in Deckung zu gehen ihnen – warum nicht? – auch ein zweites Mal gelingen wird.

Sie konnten sich nicht einigen, wer wen zuerst angesprochen und danach die Rechnung für den kleinen Imbiss, zweimal nur leicht angebratene Tintenfische, bezahlt hatte, wer von ihnen beiden der Verlegenere gewesen war, wer der Schweigsamere, und wer von ihnen, wer zuerst, sich bezichtigt hatte, das Spiel zu lange mit falschen Karten, im falschen Rhythmus und mit den falschen Leuten am Tisch gespielt, überhaupt die Bedeutung des Spielens nicht verstanden, sondern auf Ruhm gesetzt zu haben, auf Lautstärke, eine schnelle Zunge. Aber stimmte das überhaupt? Natürlich nicht, und sie wussten es. Aber es tat gut, es hinter sich zu haben, die Karten hingeschmissen zu haben, vom Tisch aufgestanden zu sein und sich auf und davon gemacht zu haben. Darin waren sie sich einig.

Und auch darin, dass keiner von ihnen genug Phantasie gehabt hätte – hatten sie der Welt nicht bewiesen, welchen Reichtum an Phantasie sie einst in die Arbeit an ihren Dichtungen zu investieren in der Lage waren? –, sich vorzustellen, auf ihre alten Tage als Freunde gemeinsam ein Haus zu bewohnen – und nach überstandenen Mühen endlich dorthin heimzukehren.

Immer deutlicher wird, dass beide es vorziehen, zu keinem Ergebnis kommen zu wollen.

XIV

Die Zeit der Herbstnebel nutzt Homer, um sich mit ungebrochenem Eifer und ohne jedes Anzeichen von Ermüdung wieder ganz seiner Lieblingsbeschäftigung hinzugeben, dem Verklingen der Töne zu lauschen. Er schlägt die Töne, tiefe und hohe, mal leise, mal lauter an, mal härter, mal weicher, mal mit der Fingerspitze nur einen einzigen Ton, mal eine Folge von Tönen, mal mit einer Hand, dann beiden Händen einen Akkord, den er entweder mit oder ohne Hilfe des Pedals zu etwas zu formen versucht, was … ja was? Er findet für das, was er hört oder eines Tages zu hören hofft, noch nicht das richtige Wort, was ihn aber nicht wirklich mehr groß interessiert. Die Wörter, die von ihm einst gesungenen, gesprochenen oder geschriebenen, haben schon lange aufgehört, ihn zu beschäftigen. Was ihn viel mehr interessiert, ist die Ausbeute seiner Finger in und an den Tasten, die Frage etwa, ob und wie sich ein Ton im Klang hörbar verändert, wenn er ihn mit Brille oder ohne, mit offenen oder geschlossenen Augen, in Gedanken an etwas oder in Gedanken an nichts anschlägt. Dabei fällt ihm immer wieder die Ruhe der Hände des Tuchhändlers ein, die Bewegung seiner Handflächen auf einem vor ihm auf einem Tisch aufgerollten Tuch. Warum er sich so lange nicht mehr hat blicken lassen? Ob Dante was gehört hat?

Es entgeht der Köchin nicht, wie rücksichtsvoll Homer bei seinen stundenlangen Übungen die klangdämpfende Wirkung des Nebels in Betracht zieht. Und sich trotzdem immer wieder bei ihr dafür entschuldigt, dass er, um dem Verklingen eines Tons lauschen zu können, überhaupt erst einen anschlagen muss. Er könne es, sagt er, nicht ändern, noch nicht. Er habe den Dreh noch nicht raus.

Als die Nebel sich auflösen, sitzt Homer immer noch am Klavier.

Manchmal ist ihm, als verlöre das Möbel, vor dem er sitzt, seine Gegenständlichkeit, löste sich auf, die weißen und schwarzen Tasten tanzten in neuen, sich langsam verändernden Farben, und das, ohne dass Homer es beeinflussen könnte. Er hört gelbe und rote Klänge, die sich anhören, als wären sie böse auf ihn, zumindest unzufrieden oder enttäuscht. Kann sein, sie langweilen sich, weil diese Maschine, was Homer nicht wissen kann, überall auf der Welt nur die Sieger feiert, die großen Virtuosen, für die sie gebaut worden war, für Spieler mit der Leidenschaft für die letzte Konsequenz.

Eine Maschine mit dem Körper einer Frau, was

seine Vermutung verstärkt, dass sie ihm Vorwürfe macht. Sie ist, scheint ihm, nach irgendwohin unterwegs.

Was Homer versteht, ist das Problem, das er hat: Er will heimkommen in sein Verschwinden und das Verklingen der Töne, sie, die Maschine, will fortgehen. Wie kann er sicher sein, sich je wieder zurechtfinden zu können?

An einer Seite der Maschine steht etwas, das Homer bis jetzt noch nie bewusst wahrgenommen hat, ein Wort, das ihm schier die Zunge verdreht, als er versucht, es auszusprechen. Die Buchstaben kennt er, aber das Wort nicht, das sie bilden. Dante, den er fragt, kann ihm auch nicht helfen. Und der Dottore, der großzügige Musikliebhaber, der ihm die Maschine ins Haus geschafft hatte und es ihm hätte erklären können, ist nicht mehr.

Und so stehen sie da und buchstabieren es, schön der Reihe nach und langsam wie Erstklässler:

B-r-o-a-d-w-o-o-d.

Aber Homer, das hat er bewiesen, ist hartnäckig. Er versteht zwar die Summe nicht, aber die kleinen Stückchen, die neun Buchstaben, die versteht er, setzt sich ans Klavier und ist sofort zurück in seinem Element. Ein Buchstabe ein Ton, was insgesamt eine kleine, seine erste kleine Komposition ergibt.

Dante: Homer ist auf dem richtigen Weg. Er setzt die Musik auf Diät.

Post aus Smyrna, ein Paket, Inhalt: eine Hose und ein Brieflein mit der Anrede »Lieber Dante«, handgeschrieben wie der kurze Text, der mit der Entschuldigung des Tuchhändlers beginnt, ihm (»ausgerechnet Ihnen, der mir versichert hat, dass er Hosen ablehne«) eine Hose angefertigt zu haben.

»Es ist mein Widerspruchsgeist, eine Eigenschaft, die wir, wie ich glaube, beide teilen. Erst sagen wir nein, vor jeder Überlegung erst einmal: Nein! Wir wollen Zeit gewinnen, Distanz schaffen, erst einmal Luft holen. So ist es doch! Soll die Welt bleiben, wo sie ist: Draußen! Was will sie, was geht sie uns an!

Homer ist ins Zimmer gekommen. Dante liest sich und ihm den Rest des Briefes nun laut und langsam vor.

»Glauben Sie mir, ich verstehe Sie, aber ich konnte nicht anders, was Sie mir aber nach noch einem Nein und einem weiteren Nein verzeihen werden; jedenfalls hoffe ich das. Die Hose, sobald Sie sich an sie gewöhnt haben werden, wird Sie mehr überzeugen als alles, was ich hier zu meiner Entschuldigung sagen könnte.«

Homer hat die Hose aus dem Papier genommen, betrachtet sie, befühlt den Stoff.

»Noch ein paar Worte zum Stoff, der sich zuerst rau anfühlt, was sich dann aber durch das Tragen gibt. Cheviot wird weich mit der Zeit, ohne die Form, die Linie und damit die Eleganz einzubüßen! Die Hose schlabbert nicht, mein Wort darauf! Was, versteht sich, an der erstklassigen, ursprünglich aus Schottland stammenden und äußerst robusten Schurwolle liegt, die nicht nur die beste ist, die man verarbeiten kann, sondern auch gut ist gegen herbstliche und winterliche Witterungsbedingungen, gut gegen Winde und Regen. Im Norden da oben pfeift bekanntlich ein ganz schön scharfes Lüftchen! Die Wolle wird Sie wärmen, wo Sie ja nicht nur an den Beinen kein Fett zu Ihrem Schutz haben. Wie man in meiner Branche sagt: Hosen wärmen Herzen!«

Homer nickt, voller Bewunderung vor allem über den Farbton des Stoffes.

Außergewöhnlich, wirklich! Er schwärmt richtiggehend. Als wäre in den Stoff ein seltenes Licht eingewebt!

Er wäre nicht Homer, wenn er ihn nicht zu definieren versuchen würde. Aber erst einmal will er Dante ärgern.

Darin werden Sie jedenfalls wie ein Mann von Welt aussehen.

Genau, was Dante beunruhigt!

Ich weiß ja, dass Sie Hosen so wenig mögen wie das Tier, an das mich die Farbe der Hose erinnert. Genauer gesagt ist es nicht das Tier, sondern der Schatten, den es wirft.

Homer überreicht Dante die Hose wie eine Trophäe, der sie erst einmal wieder, mehr neugierig auf die Antwort Homers als auf die Hose, in das Paket zurücklegt. Welches Tier, welcher Schatten?

Homer, lächelnd: Der Schatten einer weißen Ziege!

Erinnern Sie sich, sagt Homer, wie ich einmal von unserem Freund gesagt habe, er wisse alles Wichtige? Das hier ist der Beweis: Die Hose ist gut geschnitten, und ich bin sicher, sie sitzt wie angegossen, aber wichtig ist sie nicht. Der Stoff, so gut er sein mag, und er ist erstklassig – auch der ist nicht wichtig. Wichtig ist die Farbe, allein sie.

XV

Versuchen Sie es, lieber Leser, gehen Sie einfach mal einen Tag lang nur barfuß, machen Sie einen Spaziergang, ach was, Spaziergang, nein, gehen Sie los, machen Sie eine Wanderung hinaus in die Natur, marschieren Sie ins Grüne, ins Ungewisse, über Stock und Stein, über Steine, egal welcher Größe, über Gestrüpp, Geröll, Schotter, dorniges Unterholz, über von Waldarbeitern geschlagene Bäume, über Zweige, Äste, über von Fahrzeugen ausgefurchte Wege. Wie tückisch allein schon ein Sandweg sein kann! Was liegt da, eine Distel? Und das da? Wenn Sie es nicht gewohnt sind, wenn keine Hornhaut Sie schützt, wenn das Barfußgehen eine völlig neue, nie geübte, eine für Sie also ganz jungfräuliche Erfahrung ist, halten Sie bei jedem Schritt den Atem an, schauen immerzu nur auf den Boden, sehen Eidechsen, die Sie für Schlangen halten, Blätter, die Sie für die Blätter von Brennnesseln halten, sehen Dornen, die Dornen sind, halten ein weggeworfenes Papier für eine Glasscherbe, sehen überall nur Spitzes für Ihre armen ungeschützten Füße, auf denen Sie immer weniger sicher sich fortbewegen, Gefährliches, zumal für das, was Sie sind, ein Kind der Stadt.

Sie werden denken, was ich dachte: Einen Schritt noch, und ich verblute.

Die Signora (»wir machen das entweder richtig oder gar nicht«) hielt ihr Wort, wir gingen langsam, denn sie blieb immer wieder stehen, beugte sich hinunter zu etwas am Boden, riss etwas aus, hob etwas auf, verlangte nach meiner Aufmerksamkeit, meiner ganzen totalen Bereitschaft, mich auf eine Immortelle zu konzentrieren, einen Fächer aus Farn, einen Busch wilder Orchideen, einen Eukalyptus- oder Maulbeerbaum. Sie riss ein Stück Rinde von einem Stamm, strich mit der Hand über die feuchte Innenfläche und schmierte sich das Zeug auf Hände, Arme und Beine. Gut gegen Rheuma! Gut gegen Gicht! Gut gegen alles! Aber Vorsicht, nichts davon in die Augen kriegen.

Und vorsichtig war sie, sah sich um, entdeckte, was sie suchte, und rieb sich die Hände mit einem Büschel eines großblättrigen, flach am Boden wachsenden Krauts, das, wie sie mir erklärte, jedes Fett aufsauge. Viele der Häuser, die Sie sehen, wurden in grauer Vorzeit gebaut, da gibt es noch immer so etwas wie fließendes Wasser nicht, geschweige denn: warmes Wasser. Was sie hatten, war, was überall wuchs. Die Weisheit armer Leute, verschwunden wie die Glühwürmchen.

Wir waren bereits länger als einen halben Tag unterwegs. Außer einem Mann auf der Kammhöhe eines entfernten Hügels, der auf einem Traktor mit seiner Feldarbeit beschäftigt war, sahen wir keine Menschenseele.

Und weiter ging es mit ihrem Unterricht unter freiem Himmel, unterbrochen nur durch eine kleine Rast, die sie einem Mann meines Alters dann doch nicht abschlagen wollte. Und während ich mir meine armen, vor Anstrengung kranken Füße massierte, erfreute sie sich am Anblick einer Heuschrecke, die sich auf ihrem Handrücken niedergelassen hatte und dort sitzen blieb und ausruhte, um sich dann mit einem Sprung ins Gras in Sicherheit zu bringen.

Sie ermahnte mich, für alles die Augen offen zu halten und gegenüber allem, was sich in der stillen, unberührten Welt der Dinge zeigt, vor allem eines zu bleiben: demütig. Sie war drauf und dran, mich bekehren zu wollen. Worte waren dazu nicht nötig, es genügte ein noch vom Nachttau glänzendes Spinnennetz, auf das sie zeigte, ein taumelnder Falter, eine von einer Armee hungriger Ameisen überrannte Larve. Aber aufpassen, dass Sie nicht auf eine Biene treten!

Sie zerrieb, als wir unseren Marsch durch Spaliere von Weinstöcken in Richtung auf ein kleines Wäldchen wiederaufgenommen hatten, allerlei Kräuter, Salbei, Fenchel und Thymian, hielt mir ihre Finger unter die Nase, damit ich die verschiedenen Düfte atmen konnte, zeigte und erklärte mir, was mein Verstand nie begreifen wird, den feinen, unbegreiflich raffinierten wie kunstvollen und intelligenten Wuchs eines Schachtelhalms. Gelobt sei der Schöpfer, sagte sie. Das haben schon Dinosaurier niedergetrampelt.

So fühlte ich mich inzwischen, niedergetrampelt von Stunden auf eigenen Füßen, und war wütend, mich gegen jemand, der von so vielen Dingen so viel wusste, nicht wehren zu können und mich längst auch nicht mehr wehren zu wollen, denn dazu bewunderte ich sie zu sehr. Ich schämte mich meiner Unwissenheit, denn was wusste ich schon, was da auf der Erde, unter der Sonne oder im Schatten, im Unterholz oder in der Höhe gedieh und verdorrte, was aus gutem Grund giftig war, was andererseits gut war für die Küche, die Heilkunst, das Sterben und Werden der Natur.

Nichts wusste ich.

Aber das hier, Herr Dante, werden Sie doch wohl erkennen! Enttäuschen Sie mich nicht.

Sie war vor einem einige Meter hohen grünen Strauch stehen geblieben.

Ich war in Verlegenheit.

Myrte!

Aber ja! O mein Gott! Myrte! Nie in natura gesehen, aber auf Fresken. Also, so sieht sie aus, die Myrte. Nicht zu glauben. Und siehe, ein Mann saß auf einem roten Pferde, und er hielt zwischen den Myrten im Talgrund.

Nach all den Enttäuschungen, die ich geliefert hatte, war der Heimweg dann ganz nach meinem Geschmack. Ich hatte mir die Erlaubnis erbeten, einen Myrtenkranz für sie flechten und ihn ihr auf ihr Haupt legen zu dürfen.

Danach war ich müde, schön müde, sehr schön müde. Ich war noch nie so sehr schön müde wie nach diesem Tag. Das Bett, auf dem ich ausgestreckt lag, war so nett, um mich nicht zu stören, auch müde zu sein, wenigstens tat es so. Ich hatte sogar das Kissen unter meinem Kopf in Verdacht, sich mir zuliebe alle Mühe geben zu wollen, mir meine Müdigkeit zu gönnen und mich für heute in Ruhe zu lassen, so weich, wie es sich gab, so anschmiegsam. Das ganze Zimmer schien wie in Schlaf gefallen. Auch von außen drang nichts herein. Sehr wahrscheinlich, dass Homer am Klavier saß, aber auch das hörte ich nicht, keinen Ton. Aus der Küche unten drang ebenfalls nichts nach oben. Ich hatte zwar keinen Hunger, war aber doch beunruhigt, es könnte nichts zu essen geben; und dieser Gedanke war es, der mich noch immer wach hielt.

Dann fiel mir das Paket mit der Hose unter meinem Bett wieder ein und das Briefchen mit der Behauptung des Herrn Serfati, wir beide, er und ich, hätten etwas gemeinsam: unser Nein! Das große runde, gesunde Nein! Ein Nein aus Sorge um uns selbst!

Homer und ich hatten erst kürzlich genau darüber gesprochen. Ein entspanntes, viele Stunden andauerndes Gespräch, zuerst der Sonne wegen im Schatten des alten Feigenbaums, danach, der Sterne wegen, unter freiem Himmel, Homer im Strohstuhl, die ganze Zeit schweigend, ich, auch schweigend, ihm gegenüber. Es war eine Unterhaltung, ohne dass Worte gewechselt worden wären, ein Gespräch der Gedanken. Wie man sich das vorzustellen hat? Wie das geht? Fragen Sie am besten Homer, der Ihnen das vielleicht erklären kann. Ich kann es nicht. Vielleicht, aber das ist nur eine Vermutung meinerseits, kann es in diesem Zustand gelingen, das zu finden, was ein Leben am Ende rechtfertigt: die vielen kleinen, unnötigen Neins zurückzulassen, um den Weg zu finden in das eine hell aufleuchtende, strahlend vollkommene, endgültige, das leise, weise Nein!

Nein, auch an jenem Abend gab es keine Küche. Aber wie gut ich trotzdem schlief. Und wissen Sie, was mich, als ich eingeschlafen war, amüsierte? Die Hose, die ich anhatte.

XVI

Während der Einvernahme hatte die Köchin mit einem Mal mit einer kleinen Erzählung über Hunde begonnen, die zu unterbrechen die Beamten für unhöflich gehalten hätten. Schließlich, denken sie sich, man weiß ja nie, was man bei der Gelegenheit sonst noch so alles erfährt. Und sie sollten recht behalten.

Ich bin mit Hunden groß geworden, erzählte sie, wir hatten immer welche, eigene, zugelaufene, große, kleine, zutrauliche, streunende, bissige. In unseren Dörfern war das so. Ein Hund gehörte allen. Es waren die Hunde, die entschieden, wem sie gehören wollten. Und das war dann so. Wenn es mir nicht gutging, war immer ein Hund da oder einer kam um die Ecke gelaufen, der mich tröstete. Wenn ich niemand zum Spielen hatte, genügte ein Pfiff. Sie haben mit mir gelacht, sie haben mich beschützt, und wenn ich müde war und mich ins Gras legte, legten sie sich neben mich. Ich hab ihnen Namen gegeben, einfach die, die mir gefallen haben. Jeder machte das, was dazu geführt hat, dass jeder Hund ganz schnell eine ganze Menge Namen haben konnte und keiner sich mehr auskannte. Sie tauchten auf, und wenn ihnen danach war, verschwanden sie wieder. Die Einzigen, die Grund hatten, Hunde nicht ausstehen zu können und sie zu hassen, waren die Fleischhauer, die Schlachter. Klar, warum. Dort gab es was zu futtern. Bis sich einiges, eigentlich alles, wenigstens für mich, änderte. Ich erinnere mich noch an den Tag, als in meinem Dorf ein neuer Bürgermeister gewählt werden sollte. Und was denken Sie, wer die Wahl für sich entschieden hat? Unser Schlachter. Der hatte den Leuten nämlich versprochen, Schluss zu machen mit der Hundeplage. Hundeverbot, verstehen Sie? Die wilden, räudigen, unberechenbaren Exemplare, die vor allem, die sein Geschäft belagerten, ließ er der Reihe nach einfangen und hatte dabei wahrscheinlich nicht einmal ein schlechtes Gewissen. Was er mit ihnen gemacht hat? Das können Sie sich an drei Fingern ausrechnen. Hunde an der Kette, das ging. Und nichts natürlich gegen die Hunde der Schäfer. Aber für mich, die Hunde gernhatte, und sei's nur ein kleines Nichts von einem Hund, zu klein, um an mir hochspringen zu können, aber lebendig genug, um, aufgezogen wie ein Kreisel, vorneweg zu laufen oder hinter mir her.

Die Erinnerung machte sie traurig. Man hatte mir die Hunde genommen, mein Leben mit ihnen.

Im Gegensatz zu dem Herrn Dante, der Tiere nicht

so mochte, war der Herr Homer, und deshalb haben wir uns von Anfang an ja auch so gut verstanden, zu allen Tieren sehr gütig, sehr liebevoll, selbst zu Spinnen, zu Käfern, zu Schlangen sogar. Ein großherziger Mann war er.

Weiter, weiter, denken die Beamten. Erzähl weiter.

Ich weiß noch, wie ihn einmal eine Wespe gestochen hat und er angerannt kam, ganz aufgelöst. Ein Wespenstich! Hilfe! Der Arm war es, eine Schwellung. Vielleicht hätte ich den Herrn Dante erst einmal ein wenig leiden lassen, aber nicht meinen Liebling. Das haben wir gleich, sagte ich und nahm ihn mit in die Küche. Nehmen Sie ein wenig Spucke und reiben sich damit erst einmal ein. Gut einreiben! Er war wie ein kleines Kind, das Angst vor Schmerzen hat. Richtig rührend! Dann schnitt ich eine Zwiebel auf, nahm seinen Arm und rieb die eine Hälfte der Zwiebel auf die Stelle, wo es ihm weh tat. Das zieht das Gift raus, erklärte ich ihm. Dauert ein bisschen, aber dann ist alles wieder gut.

Na ja, denken die Beamten, ob das unseren Ermittlungen weiterhilft?

Er war nicht einmal der Wespe böse, die ihn gestochen hatte. Ein großherziger Mann, ja, das war er. Und vornehm. Da hätte sich der Herr Dante ruhig eine Scheibe von abschneiden können. Wie Sie ja sicher wissen, ist der Herr Dante Italiener, und bei denen, wenn ich das so sagen darf, Sie entschuldigen, hapert's ein bisschen mit der Herzensgröße und der Vornehmheit.

Wir nehmen Ihnen nichts übel, Signora, seien Sie unbesorgt. Wir kennen die Schwächen unserer Landsleute.

Ich danke Ihnen! Sehr nett von Ihnen.

Aber die beiden kamen doch anscheinend gut miteinander aus, oder?

Doch, kamen sie. Obwohl ich mich manchmal gefragt habe, wie das war, wie sie sich kennengelernt und dann ja wohl angefreundet haben, zwei an sich so verschiedene Menschen.

Können Sie uns da vielleicht etwas berichten? Haben die Herren vielleicht …

Ich habe Ihnen doch von meinem Dorf und den Hunden erzählt, wie sie da waren und dann nicht mehr und mir das nicht gefallen hat. Und als ich den Herrn Homer dann in meiner Küche verarztet habe, die ganze Prozedur dauerte ja ein bisschen, und ich wollte ihn ablenken von dem Gedanken, dass er sich vergiftet haben könnte und so, nahm ich mir ein Herz und fragte ihn genau das, zwei so verschiedene Menschen.

Sie meinen, wie sie sich kennengelernt haben.

Ja.

Und?

Haben Sie vielleicht bitte ein Glas Wasser? Ich bin ganz trocken im Mund. Ich kann mich nicht entsinnen, jemals so viel, so lange am Stück überhaupt je mit einem Menschen geredet zu haben.

Sie bringen ihr das Wasser.

Es war ein Hund, ein Straßenköter. Wie in meinem Dorf. Der Hund, der plötzlich aufgetaucht war. Sie hatten ihn, den Herrn Homer, lange vor der Polizeistunde aus einer Kneipe geschmissen, weil er nach einem Glas vom Trinken genug hatte, der Wirt damit aber nicht einverstanden war, dass er genug hatte oder nichts vertrug oder ihm für ein zweites Glas das Geld zu schade war. Na ja, wie es einem eben an so einem Ort in einer entsprechend üblen Gegend passieren kann, wo man sich besser in Acht nimmt. Wer sich dort rumtreibt, hat was auf dem Kerbholz, die Fallensteller, Landstreicher, Obstpflücker, die Kutscher vor allem, weshalb man sie bei uns auch die Kutscherkneipen nennt. Dass man da, aus welchem Grund auch immer, leicht einen Ärger kriegen kann, ist klar. Ich frage mich nur, wie sich ein so vornehmer Herr, wie der Herr Homer einer ist, so verlaufen kann.

Haben Sie ihn das gefragt, Signora?

Ich hatte das Gefühl, ich müsste mich verstecken, hat er gesagt, weiter nichts.

Wovor hätte er sich verstecken wollen?

Keine Ahnung. Jedenfalls haben sie ihn vor die Tür gesetzt. Und da sei dann der Hund gewesen, der sich vor ihn gesetzt und ihn angeschaut habe. Und gleich darauf sei ein Herr, also, wie sich dann herausstellte, der Herr Dante, die Straße runtergekommen, gerade dabei, in ebendiese Kneipe gehen zu wollen. Auch ihm hat der Hund erst einmal den Weg versperrt, den Herrn Dante angeschaut, dann nacheinander alle beide, als könnte er sich nicht entscheiden, zu wem er gehören möchte.

Wir vermuten, dass sich der Hund für Ihren Herrn Homer entschieden hat.

Das ist anzunehmen, ja. Aber ich weiß es nicht. Jedenfalls haben die beiden, vielleicht nur dem herrenlosen Hund zuliebe, einander vorgestellt, so stelle ich mir das jedenfalls vor, sind dann eine Weile auf der Straße gestanden und haben geredet. Ich bin sicher, wäre der Hund nicht gewesen, Herr Homer wäre weg gewesen, bevor der Herr Dante aufgetaucht ist. Sie wären sich nie begegnet. Sie wären nie in mein Haus gekommen, wären nie meine Mieter geworden. Na ja, eher meine Kinder. Die Jüngsten waren sie ja schließlich nicht; und auch schon auffällig vergesslich.

Die Beamten schauen sich an.

Und dann?

Da bin ich überfragt. Was weiß ich. Sie werden sich unterhalten haben, sich sympathisch gefunden haben, sich gefragt haben, ob der Hund wirklich nur ein Hund ist, wie es mir selbst mit Hunden oft genug gegangen ist, sind dann vielleicht noch zusammen in einer anderen Kneipe eingekehrt. Wie gesagt, etwa so hat mir das der Herr Homer erklärt, wie sie sich kennengelernt haben.

Alles notiert?, will der, der die Fragen stellt, von einem seiner jüngeren Kollegen wissen. Der nickt. Und morgen will ich eine Kopie auf meinem Schreibtisch haben. Und wenn ich nach Hause komme, werde ich meinen Sohn fragen, seit wann die Herren tot sind; der geht schließlich aufs Gymnasium.

Sie werden mich auslachen, wenn ich das sage. Aber wissen Sie, was ich mir manchmal denke? Vielleicht war es Gottes Wille, so etwas wie Vorsehung. Vielleicht war das ein Hund, der einem Schlachter, in welchem Dorf auch immer, gerade noch rechtzeitig entkommen konnte.

Aber nein, niemand ist nach Lachen zumute. Sie wissen selbst, was diese Hundesöhne von Schlachter alles zu Wurst verarbeiten! Wie sie sogar mit dem Fell, das sie den Tieren abziehen, noch Geschäfte machen. Schneider nähen es ein, Schuster füttern Schuhe damit aus. Niemand interessiert das alles, niemand regt sich darüber auf. Tiere sind zum Sterben da.

Ich war fertig mit meiner Zwiebel. Hab ihm zugeredet, sich keine Sorgen zu machen, er solle nur das nächste Mal besser aufpassen und eine Wespe nicht durch Versuche, sie zu verscheuchen, verrückt machen.

Sie lässt sich Wasser nachschenken.

Ist doch verrückt, oder? Fragen Sie mich nicht, was sich der liebe Gott bei alldem gedacht hat. Viele Jahre später, ich war gerade in meinem Garten beschäftigt, sehe ich zuerst einen Hund auftauchen und keine fünf Minuten später zwei Männer.

Man kann ihr das Staunen darüber noch immer ansehen, und wie fest sie in ihrem Glauben an Gottes Weisheit und Güte ist.

Eine letzte Frage noch. Wer die Herren waren, woher sie kamen, was sie von Beruf waren, hat Sie das nie interessiert?

Ich glaube nicht, dass es sehr nett gewesen wäre, ihnen in diesem Moment Fragen zu stellen. Sie waren müde. Und der Hund hatte Durst, schrecklichen Durst. Und wie abgemagert er ausgeschaut hat. Eigentlich war erst einmal er die Hauptsache. Er brauchte was auf die Rippen. Hab ihm das Fell gebürstet. Hab mit dem Gartenschlauch mit ihm gespielt. Er blühte richtig auf.

Aber später vielleicht?

Nein. Mir hat es gutgetan, dass ich nicht mehr immer so allein war und wieder ein Hund da war in meinem Leben und ich Gesellschaft hatte, zum Glück auch noch, was die Herren angeht, ausgesprochen angenehme Gesellschaft. Im Sommer waren sie meine Sommergäste, im Winter meine Wintergäste.

Eine allerletzte Frage, Signora. Was haben die beiden gemacht, ich meine, den ganzen Tag so. Womit haben sie sich beschäftigt?

Dachte ich mir, dass Sie mich das fragen werden. Aber, bitte! Hab ich je darüber nachgedacht, was sie so machen? Nein, hab ich nicht. Hab ich es je wissen wollen? Nein, hab ich nicht.

Lassen Sie sich Zeit. Denken Sie nach. Wir haben es nicht eilig.

Ich weiß nicht, wie ich es beschreiben soll. Mir fällt das richtige Wort nicht ein. Wie nennt man das, wenn man nichts tut?

Faulenzen!

O nein!

Den Herrgott einen lieben Mann sein lassen?

Wenn man, ohne sich anstrengen zu müssen, glücklich ist. Wie kann man das sagen?

Die Männer schauen sich an, unschlüssig.

Der Herr Homer, das weiß ich, weil ich es ihm nicht ausreden konnte, hat Klavier gespielt, der Herr Dante ist mir bei meiner Gartenarbeit zur Hand gegangen. Zur Last gefallen, ehrlich gesagt. Aber, na ja, so ist er halt. Ein gescheiter, ein wenig allerdings auch seltsamer Mensch, der Herr Dante. Er verabschiedet sich zur Nacht, wenn er auf sein Zimmer geht, nicht mit einem einfachen Gute Nacht. Nein! Entweder er bleibt überhaupt stumm oder er sagt etwas … etwas irgendwie Poetisches, aber mehr zu sich als zu mir. Einmal, ich stand direkt neben ihm, er hatte schon die Klinke in der Hand, sagte er: Nur der Himmel kann öffnen die Tür, die ich schließe. Was sagt man dazu?

Und wieder schauen sich die Männer an. Sie haben keine Ahnung, was darauf zu erwidern wäre. Wie weiter? Wie zu einem Ergebnis kommen? Zu einem Ende?

Der Herr Homer liebt die Schafe.

Ah ja?

Aber er ist sehr reinlich! Sehr!

Langsam wird es den Männern zu viel. Wenn diese Signora glaubt, sie beziehungsweise ihre Vorgesetzten interessierten sich für saubere Hemdkragen und womöglich auch noch für die eine oder andere Lieblingsspeise ihres Lieblings, ist sie auf dem Holzweg.

Können Sie uns, Signora, vielleicht sagen, ob Ihre Gäste, von denen es nach unserem Kenntnisstand heißt, sie seien Dichter gewesen, sehr berühmte sogar, in Ihrem Haus, jeder in seinem Zimmer, ihrem Beruf nachgegangen sind? Haben Sie davon etwas mitbekommen? Haben sie Ihnen darüber sogar möglicherweise etwas erzählt?

Sie ist jetzt kurz davor, richtig böse zu werden. Was sie zurückhält, die Nerven zu verlieren, ist die Angst, sie könnte Schaden anrichten. Sie will es nicht darauf ankommen lassen. Also zwingt sie sich, sich wieder zu beruhigen. Es ehrt Sie, dass Sie Ihre Arbeit gut und gewissenhaft erledigen wollen, teilt sie den Männern mit, ich habe nur den Eindruck, dass Sie meine Kenntnisse, was unseren Haushalt betrifft, überschätzen.

Weiter sagt sie dazu erst einmal nichts, was ihr dann aber, nachdem sie lange schweigend in die Gesichter der ebenfalls schweigenden Männer geschaut hat, auch nicht gefällt. In jedem Fall, da will sie sich später nichts vorwerfen lassen, ist sie ihren Freunden gegenüber den Anstand schuldig, ihre ihr unbekannte und unbegreifliche Intimität zu verteidigen.

Ein langsames, tiefes, fast seufzendes Ein- und Ausatmen soll ihr Zeit geben. Sie kämpft darum, nichts zu verraten und doch zu antworten, sie mit einer Antwort aber auch nicht zu sehr zu enttäuschen. Sie haben sich ihr gegenüber keine Unhöflichkeit erlaubt und sich für jede ihrer Fragen fast entschuldigt. Drei Männer mit Manieren, alle drei sympathische Kerle, die sich, stellt sie sich vor, wenn sie ihre Sache gut machen, eine Beförderung erhoffen und damit die Möglichkeit, eine Familie gründen zu können, wenigstens die zwei Jüngeren, die, wie sie bemerkt hat, noch keine Eheringe tragen.

Das alles geht ihr durch den Kopf, auch, dass sie den Eindruck vermeiden möchte, ihnen etwas verheimlichen zu wollen. Sie entschließt sich, auf die Frage ihrerseits mit einer Frage zu antworten, einer Frage, die ihr manchmal, wenn sie allein und müde und erschöpft ist, einfällt, einfach so, die sie aber selbst nicht recht beantworten könnte. Es ist schwierig, den Gedanken zu vergessen, und unter diesen Umständen hier noch schwieriger, ihn auszusprechen. Aber sie tut es, auch wenn es sie ihre letzten Kräfte kostet. Sie will sich nicht noch weiter ausquetschen lassen. Ich weiß nicht, sagt sie, ob Sie verstehen, was ich sagen will, weil ich, was ich Ihnen jetzt sage, glaube ich, selbst nicht verstehe, aber ist es in unserem Leben, in jedem Leben, im Leben jedes einzelnen Menschen nicht so, dass wir mit dem, was wir wissen wollen, vorsichtig sein müssen?

Auf den Kopf gefallen ist die nicht, denkt sich der, der die Fragen stellt.

Wenn Sie die beiden beschreiben müssten, Signora, was fiele Ihnen da zuerst ein?

Der Herr Homer, sagt sie, sei ein Pfundskerl, der Herr Dante einer, der sich auf ewig vom Duft einer Zitronenschale ernähren könnte.

Zum ersten Mal, seit das Verhör begonnen hat, lachen sie, als säßen sie hier alle bei einem gemütlichen Gespräch beieinander. Sie hofft, dass sie es überstanden, dass sie es geschafft hat, dass sie nicht länger verdächtigt wird, etwas Unrechtes getan zu haben.

Mit der Gemütlichkeit ist es dann aber schnell wieder vorbei. Der das Wort führende Beamte, unruhig wieder und mit seinem Bleistift gegen das Glas der Wasserkaraffe schlagend, will sich noch nicht geschlagen geben. Signora, haben Sie denn die Namen, die Sie uns genannt haben, nie vorher gehört? Zumindest den von, wie Sie ihn nennen, Herrn Dante?

Die Köchin schüttelt den Kopf. Sie kann nicht mehr, will zu ihren Töpfen und Pfannen zurück.

Vielleicht ist der Mann, also dieser Herr Dante, wofür gewisse Anhaltspunkte sprechen, nämlich lange schon tot, vermutlich sogar schon sehr lange.

Das überrascht sie. Was Sie nicht sagen!

Sie lacht ihr verspieltes, verschmitztes, leises Lachen. Steht das da alles in Ihren Unterlagen? Sie, der alle Feindseligkeit abgeht, hat plötzlich wieder das Gefühl, sich wehren, sich behaupten zu müssen. Sie wäre jetzt gern ein Mann, der sich eine Frechheit herausnehmen darf. Der alles mit einem Blick, am besten mit einem scharfen Witz vom Tisch wischen kann. Was, sagt sie, was, wenn Sie recht hätten?

Dann bin auch ich schon tot, denkt sie und sieht, bevor sie für immer die Augen schließt, den Herrn Dante, wie er quicklebendig im Garten steht und Holz hackt.

XVII

Das Gras steht hoch. Die durchgesessenen Strohstühle müssen zur Reparatur. In den Dachrinnen liegt noch das Laub vom letzten Jahr und verstopft die Abflüsse. Die Scheiben der Fenster sind wie die Wolken heute, grau und schmutzig. Und dann der Staub.

Das ganze Anwesen sieht aus, als wäre es seit Jahren nicht mehr bewohnt.

Sie geht in den Schuppen, um nach dem Holz zu sehen. Nein, sie hat sich nicht geirrt. Da ist es, nicht ganz zwei Klafter, sorgfältig aufeinandergestapelt. Wie kamen die Männer von der Polizei nur auf die Idee, der Herr Dante sei tot, wo sie ihn, sie muss sich vor der Hauswand nur auf die Zehenspitzen stellen und ein wenig den Kopf drehen, auf einem flachen Stein sitzen sieht.

Sie wünscht sich, dass sie es mit eigenen Augen sehen könnten.

Keine Spur dagegen von Homer, der vermutlich in seinem Zimmer oben auf dem Bett liegt und, seine Lieblingsbeschäftigung, nichts tut. Und ich wette, dass er sich nicht langweilt. Ob er ein Buch liest? Nein! Ich habe ihn – wie übrigens auch den Herrn Dante – nie in einem Buch lesen sehen. Wir besitzen alle drei kein Buch, nicht ein einziges. Das heißt, in der Küche liegt eines, ein Kochbuch, eines mit vielen schönen bunten Bildern.

Und was tut Dante im Garten? Auch nichts, außer dass er sich an den Beinen kratzt.

Ihr geht noch immer das Verhör durch den Kopf. Und was die Polizeibeamten alles gefragt haben und alles wissen wollten.

Was das betrifft, ist sie zufrieden mit sich. Sie hat geredet und nichts gesagt. Sie hat gesagt, was zu sagen leicht war. Was die Herren den ganzen Tag so tun? Hohes Gericht, ich kann Ihnen nur sagen, was ich sehe. Der Herr Dante sitzt im Garten auf einem flachen Stein und kratzt sich hin und wieder an den Beinen. Soll ich mir darüber den Kopf zerbrechen? Aber glauben Sie nicht, dass ihm langweilig ist, das bestreite ich. Ihm ist, vor allem dann, wenn er sich überhaupt nicht bewegt, nie langweilig. Er atmet nur, ich spüre das. Das nämlich kann ich, mich auf mein Gefühl verlassen. Das hab ich mir beigebracht.

Was in ihren Köpfen vorgeht, kann ich nicht sagen. Sie werden sich mit Gedanken beschäftigen, vielleicht denken sie auch. Wie soll ich das wissen. Vielleicht geht es ihnen wie mir. Wenn ich denke, weiß ich oft selbst nicht, was das ist, was ich denke. Was soll man sich auch noch über Gedanken groß Gedanken machen? Wozu soll das gut sein? Eine einfache Frau wie mich dürfen Sie nicht danach fragen.

Der nette Herr, der manchmal zu Besuch da war und sich, wenn er kam, vor mir immer wie vor einer Königin verbeugte, hat, das hab ich sofort gespürt, das Gesicht eines Mannes, der sich viele Gedanken macht. An ihm war immer alles gleichzeitig in Bewegung, seine Hände, die Augen, die Beine, die Mundwinkel, sogar die Knöpfe an seinem Hemd. Immer sprang einer davon, den ich ihm dann anstandslos mit festem Garn gleich wieder angenäht habe. Fehlte nur noch, dass er mir die Hand küsste. An ihn denke ich gern und wünschte mir, dass er »seine guten alten Freunde«, wie er sie nennt, öfters besuchen kommt. Nicht mehr der Jüngste, trotzdem noch immer ein hübscher Mann. Ein Lockenkopf. Voller Leben. Vielleicht ist so einer nicht gut für die Ruhe geeignet, die man braucht, um sich in einem Haus wie meinem wohl zu fühlen. Was passiert hier schon. Nichts. Es wird Tag, es wird Nacht. Es wird Frühling und Sommer und Winter. Man hat zu tun. Bei seinem Temperament wird er damit, vermute ich, nicht viel anfangen können. Dazu ist er zu viel unterwegs. Er kommt und geht. Er hat sicher viel im Kopf, von allem viel, mehr vielleicht, als in einen Kopf reingeht. Aber genau er war es, der mir bei seinem letzten Besuch ein schönes Kompliment gemacht hat. Er hat mein Haus

»ein lachendes Haus« genannt. Er ist so einer, dem man, was er einem sagt, einfach glauben muss. Ein lachendes Haus. Das den Polizeibeamten zu sagen, hab ich vergessen. Aber vielleicht war es auch gut so, es vergessen zu haben. Sie hätten mich dann nämlich gefragt, was ich damit meine. Sie hätten es wissen wollen und, was ich geantwortet hätte, aufgeschrieben. Ein lachendes Haus! Wie schön sich das anhört!

Fragen Sie am besten Herrn Dante oder, wenn er sich stören lässt, den Herrn Homer, weil die vielleicht erraten können, was der nette Herr mit dem Kompliment hat sagen wollen.

Dann geht sie, ohne dass er sie bemerkt, an Dante vorbei zu Pompo hinüber und legt einen Zweig zwischen die neun kleinen Steinchen auf sein Grab. Das hat Dante ihr mal erklärt. Mehr als neun dürften es nicht sein. Hab ich nicht verstanden und mich, weil er dabei so ein sehr ernstes Gesicht gemacht hat, auch nicht getraut zu fragen.

Einmal, ich erinnere mich noch, als Herr Homer, um die trocken gewordene Erde zu beschweren, seinem Liebling eine ganze Handvoll Steinchen auf sein Grab geschüttet hatte, ist er richtig böse geworden, sehr böse, und hat sie alle, bis auf die neun, wieder entfernt.

Da habe ich, was Herrn Homer angeht, etwas verstanden. Pompo hatte sich ja damals, als sie sich zum ersten Mal getroffen haben, für ihn entschieden. Deshalb, finde ich, gehört sein Grab ein bisschen mehr ihm als Herrn Dante. So denke ich. Er hätte mehr das Recht gehabt, es zu pflegen, wie er es will. Aber er stand nur da, ganz ruhig, mischte sich nicht ein, sagte kein Wort und lächelte nur. Er war überhaupt nicht böse. Er war großartig. Er war, wie Menschen sein sollen. Er nahm sich kein Recht heraus, nicht das Recht, das ihm zustand, nicht das Recht, recht zu haben, nicht einmal Pompo gegenüber. Ihm genügte, der Ältere zu sein, ein unbestrittenes Recht, und das nahm er in Anspruch, nur das, um weniger zu wollen als der Jüngere.

Ich glaube, und das tat mir gut, dass ich sein Lächeln verstanden habe.

Der Ältere überlässt es dem Jüngeren, und sei es auch nur mit neun Steinchen und nicht einem mehr, gegen den Himmel recht behalten zu wollen.

Ich habe das alles beim Kartoffelschälen vom Küchenfenster aus beobachtet. Als er daran vorbeikam und mich sah, hab ich gelächelt.

Er drehte um, ging hinüber zu dem jungen, gerade erst von ihm eingepflanzten Olivenbäumchen, riss ein kleines Zweiglein ab, kam zurück und reichte es mir. Und sagte: Wie gerne, glauben Sie mir, hätte ich den Mut, Ihnen das ins Haar zu stecken, aber das habe ich mich in meinem Leben noch nie getraut, bei niemandem.

Ich musste ihn das einfach fragen, ich mit meiner

halb geschälten Kartoffel in der einen, dem Messer und Olivenbaumzweiglein in der anderen Hand. Ich war, natürlich, verlegen, dabei hätte ich ihn abschmatzen können.

Dann waren Sie nie in jemand verliebt?

Das Problem mit der Antwort, die Homer ihr natürlich nicht schuldig bleiben wollte, war nur zu lösen, wenn man von allem absah, was vor Christi Geburt nicht verboten war. Recht besehen, so gut wie nichts! Alle trieben es mit allen. Und das überall, in der Luft, am Boden, im Wasser. Mit einem Olivenbaumzweiglein in der Hand, so viel ist sicher, hätte er sich eine Abfuhr eingehandelt, und was für eine. Deshalb fiel Homers Antwort entsprechend dürftig aus.

Natürlich, Signora. Was denken denn Sie. Jeder ist, zumindest einmal in seinem Leben, verliebt, oder nicht?

Ich weiß nicht. Sie schämte sich zu sehr, um die Ruhe aufzubringen, sich zu erinnern.

Wie haben Sie das gemacht?

Was?

Sich verlieben?

Ich weiß nur, dass ich mir nichts anmerken lassen durfte. Ich bin weggerannt. Sie wiederholte, was sie, als hätte sie eine Beichte vor ihm abzulegen, gesagt hatte: Ich bin immer nur weggerannt.

Nur immer weggerannt? Es hätte sich doch in einem so langen Leben jemand finden lassen müssen, ging es Homer durch den Kopf, der sie zum ersten Mal anschaute wie eine Frau, ein stattliches, gesundes weibliches Wesen, eine, die eine Familie hätte gründen und Kinder zur Welt hätte bringen können, vernünftigerweise natürlich gleich einen ganzen Schwung Kinder, einmal einer nur, der sich der Wegrennenden in den Weg gestellt, sie ruhig angeschaut und, vor Verliebtheit selbst unsicher, gelächelt hätte. Hat sie denn alle Männer nur für boshafte Wüstlinge gehalten? Hatte sie sie zu früh abgeschrieben? Glaubte sie nie daran, gefallen zu können? Waren ihre Sommersprossen der Grund, sich nicht schön zu finden? Ihre zu kräftigen Hände? Sie wollte sich kein Kind andrehen lassen, okay. Als Jungfrau in die Ehe gehen, auch okay. Wie sich entscheiden, wie sich sicher fühlen für ein Ja! Ein Ja vor dem Altar und vor Gott! Und dann lief ihr die Zeit davon.

Sie hielt noch immer den Kopf gesenkt, was Homer als Bitte deutete, Mut zu zeigen und ihr das Zweiglein ins Haar zu stecken.

Und das tat Homer.

Dabei fiel ihm die Gartenschere ein, die ihr zu kaufen er sich vorgenommen hatte. Was ihm, so wie sie da im Fenster vor ihm stand, folgenden Gedanken eingab: Vielleicht war es das, was sie in ihrem Leben zu oft falsch gemacht hatte, schnell an irgendetwas zu denken, das weniger gefährlich war als das Glück.

XVIII

Dieser Brief hatte keinen Absender. Er war handgeschrieben.

Mein lieber Dante,
wie gern wäre ich in der Lage, endlich wieder als freier, ehrlicher Mann unbehelligt reisen zu können, aber das wird bis auf unabsehbare Zeit wohl weiterhin unmöglich sein. Die Gründe kennen Sie. Die Familie des Opfers wie auch die Polizei sind von ihrem Verdacht, ich sei der Mörder, nicht abzubringen. Was nützt ein reines Gewissen, was der Entschluss, mich den Behörden zu stellen, und ich gestehe, ich war einige Male kurz davor, genau das zu tun. Aber da ich weder ein Alibi habe noch Beweise meiner Unschuld hätte beibringen können, bleibt meine Situation, wie sie eben ist: unerfreulich. Ich weiß nur und versichere Ihnen, ich bin unschuldig. Ich bin nicht der Mörder, für den sie mich halten, auch das weiß ich. Und ich weiß, dass ich, wenn sie mich schnappen, einsitzen werde, und das für lange, sehr

lange Zeit, wozu ich, versteht sich, nicht die geringste Lust verspüre.

Ich kann Ihnen deshalb also die Nachricht, die Ihnen nicht gefallen wird, nicht persönlich überbringen, leider, und gebe Ihnen den Bericht über mein Scheitern, Ihre Statue auf der nach Ihnen benannten Piazza in Neapel in die Luft zu sprengen, deshalb notgedrungen schriftlich; ein Brief, den ich Sie bitte, nach der Lektüre zu vernichten, zu verbrennen am besten.

Alles lief wie von mir geplant. Ich hatte mich nach meiner Ankunft in einem kleinen, sauberen, von freundlichen jungen Leuten geführten Hotel nahe der Via Toledo eingemietet, unter einem Namen, der hier nichts zur Sache tut. Die nach meinen Berechnungen für die Sprengung ausreichende Menge an Dynamit wurde von zwei mir ergebenen, zuverlässigen Gefährten angeliefert, der Wagen, ein Lieferwagen einer Firma, laut Beschriftung unternehmerisch im Fischgeschäft tätig, erst einmal in einer Garage nahe der Metrostation Dante geparkt.

Sie sind, lieber Dante, unvergessen und, wie sonst nur Verdi und Garibaldi, allgegenwärtig. Ein Grund eigentlich, Ihnen zu Ihrem Ruhm zu gratulieren. Aber Sie haben anderes mit sich vor und im guten Herrn Homer ja den richtigen Mitstreiter.

Die ersten Tage regnete es, was die Zahl der Menschen auf dem immer belebten Platz zwar deutlich verringerte, was insofern von Belang ist, als wir wie abgesprochen – außer vielleicht die eine oder andere Taube – keine unbeteiligten, unschuldigen, ahnungslosen Opfer auf unser Gewissen laden wollen, aber da waren meine Vorbereitungen noch nicht abgeschlossen. Wo die Stangen mit dem Sprengstoff anbringen, wie viele davon. Ihr steinernes Ebenbild, eine übrigens gut gemachte, beeindruckende Arbeit, steht auf einem doppelten, extrem hohen Sockel von einigem Umfang, Sie selbst überlebensgroß darauf in einiger Höhe.

Ich ließ in einer Sattlerei einen Gürtel anfertigen, einen Sprengstoffgürtel, den ich dem Monument um die Hüfte herum anzubringen vorhatte, was mir in einer frühen Morgenstunde, wenn niemand oder kaum jemand mehr unterwegs sein würde, keine allzu großen Schwierigkeiten machen dürfte.

Für den Mechanismus der Zündung der Ladung sollte einer meiner zwei Gefährten alle nötigen Vorbereitungen treffen, ein in seinen Kreisen anerkannter Fachmann. Aber es kam etwas dazwischen, fast könnte man sagen: Wie es eben so geht! Seine Schwester, gerade mal zweiundzwanzig und noch Jungfrau, wurde vergewaltigt und dabei auch noch so übel zugerichtet, dass die Gefahr bestand, sie könnte, und das, auch das noch, möglicherweise von einem ihrer Vergewaltiger geschwängert, aus dem Irresein, in das sie fiel, nicht mehr herausfinden.

Mein Mann musste zurück.

Inzwischen schien wieder die Sonne. Der Platz belebte sich und blieb auch nachts belebt. Es gab Liebespaare, die sich bis zum Sonnenaufgang, und das heißt bis zum Beginn des Berufsverkehrs auf der Via Toledo, in nicht nachlassender Geduld in den Armen lagen.

Schöne Welt. Es sei denn, man hatte wie ich einen Auftrag anderer Art auszuführen.

Pech zu haben, gehört zu den Dingen, die mir missfallen. Es musste ein zweiter in Sachen Dynamit kundiger Fachmann her, was Zeit kostete.

Ich nutzte die Gelegenheit zu Ausflügen rund um das schöne Neapel, wo ich lange nicht mehr gewesen war, bewunderte im Gefolge einer Führung den Innenraum des Teatro di San Carlo, der berühmten Oper, aß einige Male sehr gut, aber leider allein, im spanischen Viertel zu Abend und umkreiste immer wieder das Objekt, den hoch, wie in einen eigenen Himmel in vollkommener, weil natürlicher Eleganz aufragenden Dichter mit dem im Stil eines Imperators ausgetreckten linken Arm, die Hand mit der zum Himmel hin offenen Handfläche. Beeindruckend das alles, strahlend, majestätisch, kein Vergleich zu jener anderen Statue von Ihnen in Florenz, die in der Nähe der Basilika Santa Croce, die Sie verschlossen zeigt, schlechtgelaunt, wie ich immer fand, geradezu mürrisch.

Wenn Sie mein Gefühl, das ich bei der Betrachtung des neapolitanischen Dante hatte, wissen wollen, so sage ich Ihnen, dass ein Bedauern in mir aufstieg, diese Statue zerstören zu müssen. Ich dachte, schade drum! Um die andere, die in Florenz, wäre es, finde ich, weniger schade.

Langsam wurde das Geld, das ich dabeihatte, knapp.

Dann, endlich, war der Ersatz in Neapel eingetroffen, der gleich nach seiner Ankunft darauf bestand, im Voraus bezahlt zu werden. Dabei gingen meine letzten Lire drauf.

Mich mit Bargeld zu versorgen war für mich nie ein unlösbares Problem, aber auch hier gilt: Kontakte knüpfen, vertrauen, warten.

Mit dem Geld kam der Regen zurück, der uns in die Karten spielte. Es konnte also losgehen. Die Vorbereitungen waren so weit abgeschlossen. Den Gürtel mit den Stangen hatten wir mit der gleichen Farbe bestrichen, die der Stein hat, an dem wir ihn befestigen würden. Er würde also, zumal bei Nacht, nicht weiter auffallen. Und auch ich und der neu angeheuerte Ersatzmann durften nicht auffallen, und so hatten wir uns als Verkleidung Blaumänner besorgt, die uns den flüchtigen Blicken der Passanten als, wie wir hofften, städtische Bedienstete ausweisen würden, die sich mit gutem Grund am Denkmal des Dichters zu schaffen machten.

Noch immer Regen.

Am nächsten Morgen, wir hatten noch den Geschmack unseres Cappuccino auf der Zunge, war das Denkmal eingehüllt. Restaurierungsarbeiten begannen. An sich kein Unglück, da wir uns ja nun, wenn über Nacht die Arbeiten ruhen würden, im Schutz der Planen an die Arbeit machen konnten.

Ich nehme an, dass Sie sich nie groß für Fußball interessiert haben und werden es nach dem, was jetzt kommt, auch weiterhin nicht tun.

Wir hätten, ich sagte es, jetzt jederzeit losschlagen können. Hätten! Aber diese verdammte Stadt hatte eine weitere Idee, uns das Leben schwerzumachen. Zum Verhängnis wurde uns diesmal eine Straßenschlacht, eine massive blutige Massenschlägerei im Gefolge eines Fußballspiels. Ich hatte in der Nacht in meinem Hotel zwar die Sirenen der Polizei gehört, mir aber nichts dabei gedacht, zumal das in Neapel Tag und Nacht so geht und man sich daran gewöhnt. Beim Frühstück, als ich Einzelheiten erfuhr, waren unsere Pläne dann allerdings vollends Makulatur. Einer der jungen Leute, die das Hotel führten, war leidenschaftlicher Anhänger des SSC Neapel, des hiesigen Fußballklubs, und war bei der Prügelei in der Nacht dabei gewesen, mittendrin sozusagen, und hatte, wie man sehen konnte, auch ziemlich was abbekommen, was ihn aber, weil er selbst genug ausgeteilt hatte, nicht weiter störte.

Leider führte, was da nach Ende des Fußballspiels aus dem Ruder gelaufen war, auch noch an den Tagen danach dazu, dass sich die Piazza in eine Festung verwandelte, ein erhöhtes Polizeiaufgebot mit gut einem halben Dutzend Mannschaftswagen im ganzen Viertel, und das rund um die Uhr, weil auch die Kirchen, die an die Piazza mehr oder weniger angrenzen, bewacht werden mussten. Sie waren von randalierenden Fußballfans mit Flaschen und Brandsätzen beworfen worden.

Als wäre das alles noch immer nicht genug, war in der Zwischenzeit, wie sich herausstellte, in der Garage unser Lieferwagen aufgebrochen und, Sie ahnen es, das Dynamit gestohlen worden. Sprengstoff ist in Neapel eine Währung, dafür lassen sie die Hände von allem anderen, dem Radio, den Reifen. Sie können von Glück sagen, sagte einer der jungen Männer an der Rezeption, dass die nicht, wie üblich, gleich auch noch das Auto mitgenommen haben!

Daraufhin, und wer konnte es ihm verdenken, reiste mein Komplize ab. Der Blick, den er mir, als er sich umdrehte und ging, zuwarf, wird mich bis ans Ende meiner Tage schmerzen. Er besagte: Lass dich nie wieder mit einem ein, der nichts in die Reihe kriegt.

Ich hoffe, Sie schlucken das runter, nehmen meinen Bericht über den fehlgeschlagenen Versuch mit Verständnis auf und verzeihen mir das Geständnis, das ich Ihnen zum Schluss nun doch noch machen will und ohne das dieser Brief an Sie nicht vollständig wäre. Ich war nämlich, ich gestehe es, am Ende geradezu erleichtert, den Plan nicht ausführen zu können! Ich war, als auch ich dann Neapel verließ, all den Umständen, die die Ausführung unseres Plans vereitelt hatten, regelrecht dankbar! Sie mögen das eine Sentimentalität nennen, aber einer Statue von so großer Schönheit mit einer Ladung Sprengstoff den Garaus machen zu müssen hätte mir mehr, als ich das noch Tage vorher je für möglich gehalten hätte, weh getan. Wer mich zu schnell zu kennen glaubt, wird mir diesen Respekt vor der Arbeit von Künstlern nicht leicht abnehmen, aber so empfinde ich eben. Schönheit macht mich wehrlos, ob aus Stein, Fleisch und Blut oder auf einer Leinwand. Wenn ich von meiner Gewohnheit, mir die Nächte um die Ohren zu schlagen, genug hatte, genug hatte von den Karten, dem harten Trinken und Streiten, auch genug von den Dingen, die man mit Frauen anstellt, und draußen an der Luft wieder halbwegs zur Besinnung kam und dieses Leuchten sah zwischen den Wolken, den Widerschein der ersten Strahlen, bevor die Sonne dann wirklich aufgeht, war ich ein anderer. Es brachte den zum Schweigen, der ganze Nächte hindurch geredet hatte. Ich war müde, fühlte mich ausgelaugt, angewidert, weil ich mir selbst in diesem Augenblick nicht einreden konnte, ich würde, kaum ausgeschlafen, mein gewohntes unstetes Leben nicht dort wiederaufnehmen, wo ich es unterbrochen hatte. Ich möchte das Steuer herumreißen. Vielleicht sollte ich heiraten. Es gibt Freunde, die es getan, zumindest versucht haben. Es hat kürzer oder länger geholfen, aber auf Dauer? Ich kenne Spieler, die sich irgendwann geschlagen geben und, das Glück außer Reichweite, in das Verlieren verlieben.

Aber genug davon. Ich hatte, ich weiß, eingewilligt, also mache ich das mit mir aus.

Aber doch noch dies: Wenn Sie es wirklich ernst meinen, eines nahen Tages das Vergessenhaben und Vergessensein zu feiern wie einen verdienten Erfolg, hätte selbst der Steinhaufen, der eine Ihnen zu Ehren errichtete Statue war, Ihre Prominenz nur noch mehr in die Schlagzeilen befördert, im Grunde also das Gegenteil bewirkt. Man hätte den Schutt weggeräumt und wieder einen Dante, wenn auch nur eine Kopie, auf den Sockel gestellt.

In der Nische einer Ziegelmauer am Campo de l'Arsenale in Venedig, direkt neben dem Löwen von Piräus, habe ich bei meinem letzten Besuch in der Stadt eine Büste von Ihnen entdeckt, die ziemlich mitgenommen aussieht, na ja, das Unvermeidliche: Salzwasser und Möwenkot. Abgesehen davon, richtig vorteilhaft sehen Sie, ehrlich gesagt, nicht aus, etwas verbissen. Wie ein Staatsbeamter, der unter Sodbrennen leidet! Die zu entfernen würde mir, anders als in

Neapel, keinerlei Skrupel verursachen. Nur ein Vorschlag! Die Sache wäre ohne großen Aufwand im Nu zu erledigen. Die darunter befindliche Tafel abzunehmen und in der Lagune zu versenken, auch das wäre kein Problem. Sagen Sie mir bei Gelegenheit einfach Bescheid.

Bitte nehmen Sie also jetzt, so oder so, ein Streichholz zur Hand, um die Spuren meiner Schande und Schmach in Flammen aufgehen zu lassen.

Grüßen Sie Herrn Homer.

XIX

Homer ist dabei, das junge Olivenbäumchen zu wässern, das sich, wie er feststellt, dank seiner Fürsorge prächtig entwickelt hat.

Dante schaut ihm, ein Glas Rotwein in der Hand, dabei zu. Reger Verkehr heute da oben. Schon die dritte Maschine, die uns überfliegt.

Homer schaut auf. Er hat für Flugzeuge nichts übrig. Mit den Flugzeugen kam das Geld in den Himmel.

Dante nennt Flugzeuge: nackte Affen. Oder: in den Himmel gefallene Messer. Er liebt den Himmel, wie nur Liebende es tun.

Die Köchin eilt aus Angst, ein Flugzeug, wenn man es beschimpft, könnte ihr von oben direkt auf den Kopf fallen, zurück ins Haus.

Wahrscheinlich, da sind sich Homer und Dante einig, sind Flugzeuge nichts als ein weiterer Versuch, das Leben zu töten.

Als kurz darauf wieder ein Flugzeug auftaucht, winkt Dante hinauf. Was kann ich für dich tun, ruft er, aber das Flugzeug, von seiner Geschwindigkeit fortgerissen, antwortet nicht.

Es hört uns nicht, sagt Homer.

Es hört nicht zu, sagt Dante.

Als sie, jeder zu seiner Zeit, an ihrem Glauben an die Literatur zu zweifeln begannen, hatten beide unabhängig voneinander die gleiche Idee gehabt: Verse in den Himmel zu schreiben, große gewaltige Gesänge, mit einem Sonnenaufgang (über Griechenland), einem Mittag (in Italien), einem Abend (in Nordafrika), einer Nacht, wobei sie die nahen und fernen, die sichtbaren wie die von den Augen der Teleskope noch unentdeckten Planeten bitten wollten, ihnen ihre Geschichten zu erzählen, die sie dann in eine allen Erdenmenschen verständliche Sprache übersetzen würden.

Eine Biographie des Himmels! Mit jeder Menge Ko-Autoren.

Und die Flugzeuge?

Die, Dante, überlasse ich Ihnen.

Nein, Homer, so leicht kommen Sie mir nicht davon. Wie wär's zumindest mit einem Vorwort, in dem Götter mit Flugzeugen kollidieren?

Was noch keinem Flugzeug bekommen ist.

Dante zuckt zusammen, als eine Libelle Kurs auf einen Schweißtropfen auf seiner Stirn nimmt. Auch eine Art Flugzeug!

Notlandung auf einer Milchstraße.

Diese verdammte Libelle!

Weiter, Homer, weiter. Lassen Sie es krachen.

Ein Gott wirft einen Blitz nach dem Flugzeug, ein erster Warnschuss sozusagen. Und schickt, mit der Wucht eines Wasserfalls, tausend Stürme hinterher.

Dante zündet sich eine Zigarette an, die er, was er nicht oft tut, bis zum letzten Rest raucht, und trinkt danach das Glas in einem Schluck aus. Er spürt den Wein, was ihn wundert. Er konnte schon mal mehr vertragen. Ein Blitz! Tausend Stürme! Und dann?

Homer: Lege dich nie mit einem Gott an, auch wenn du mit einem das Bett teilst. Seine Frau hätte es wissen müssen. Sie hatte für sich und ihren Liebhaber erste Klasse gebucht und wusste sofort, wem sie ihren sicheren Tod zu verdanken hat. Götter waren ja weit über die Landesgrenzen für ihre Eifersucht bekannt gewesen.

Und sich für keinen Mord zu schade.

Das erledigten die mit links. Am besten, man ging ihnen überhaupt aus dem Weg und riskierte nichts. Wenn sie die Wut packte, und das war schnell passiert, verwandelten sie sich in Menschen, mit allen Eigenschaften, die Menschen zu Menschen machen. Ich will nicht einmal mehr daran denken. Ein Gott zu sein, dafür fehlten mir schon immer alle Voraussetzungen, obwohl … eines konnte ich auch: mich an jeder Straßenecke verlieben.

Das muss reichen, sagt Homer, nicht dass mir das

Bäumchen noch ertrinkt. Und Sie, auch noch was zur Erfrischung?

Nur zu, nur zu.

Das lässt sich Homer nicht zweimal sagen. Er jagt hinter Dante her, der seinerseits versucht, Homer den Schlauch zu entreißen. Was für ein Spaß! Sie rennen und stolpern, stehen wieder auf und lachen wie Kinder, die das Gefühl haben, ein Tag ohne ein bisschen Unfug sei die Freude nicht wert, jung zu sein. Was gehen sie noch Flugzeuge an, was Götter.

Sie lassen sich erschöpft und klatschnass ins Gras fallen, Arme und Beine von sich gestreckt.

Dante hat inzwischen gelernt, nicht wegen jeder Libelle, jedes Grashüpfers, jedes Wurms verrückt zu spielen.

Es fällt Homer schwerer als Dante, wieder Luft in die Lunge zu bekommen; außerdem tropft ihm jede Menge Wasser aus der Nase. Ich hab sie gestern beim Holzhacken beobachtet und wieder mal Ihre Kondition bewundert, mein lieber Dante. Respekt! Das würde ich nicht mehr durchstehen, noch dazu in der prallen Sonne.

Ich hatte da ein paar Rechnungen offen mit einigen Lausbuben. Die sind zwar alle längst tot, aber man weiß ja nie. Schäbige Kerle, die sie waren, richtig schäbige, widerliche Schweinehunde. Was die verdient haben, ist nicht einmal in einer Hölle abzubüßen. Ich hatte mir für den einen und anderen schon damals in Florenz, als mir die Herrschaften gefährlich wurden, gefährlicher als ich ihnen, was Schönes ausgedacht: jedem von ihnen einen langen Zimmermannsnagel mit einem Hammer ins Ohr rammen, tief hinein.

Na, Mahlzeit!

Was gibt es denn so zu essen in der Hölle?

Den meisten, versteht sich, ist der Hunger vergangen, aber sonst alles, was Frauen Männern vorsetzen, die sie vergiften wollen.

Kann nichts schaden, sich immer mal wieder daran zu erinnern. Skorpione?

Fledermäuse, die durch Feuer fliegen, ohne in Flammen aufzugehen. Kot von Eulen. Geriebene Finger- und Zehennägel. Innereien von Hyänen.

Nicht dass Sie unsere Köchin noch auf dumme Gedanken bringen, Dante! Gibt es Wasser?

Wenn es Wasser gäbe, wär's keine Hölle. Keinen Tropfen. Sie saugt alles, was ein Mensch an Wasser in sich hat, aus ihm raus. Er verdampft, vertrocknet. Auf Erden reicht das fürs Sterben, in der Hölle nicht. Das ist sie, die eigentliche Höllenstrafe. Nicht das Feuer, die Teufel, das nicht endende Geschrei der zum Aufenthalt in der Hölle Verdammten, Menschen, die nicht mehr reden, die meisten schreien nur noch oder stöhnen. Wen schert es, dass sich Haare und Zähne verfärben! Wen, dass er trotz der Höllenfeuer in Eiseskälte ausharren muss. Nein! Es ist das: nicht sterben können! Von den Qualen, die sie durchmachen, erlöst werden! Tot sein dürfen, wenigstens das!

Eine gute Geschichte, wie Homer findet, weil sich keiner geschlagen gibt. Nicht einmal in der Hölle hört einer auf, sein Leben zu verteidigen, zu kämpfen, zu hoffen und, selbst wenn er kein Geld dabeihat, nach einem Ausschau zu halten, den er bestechen könnte. Aber keine noch so kühne Idee, seine Lage zu verbessern, ist durchführbar, nur dass das natürlich keiner akzeptieren will. Es muss doch … es muss doch … Durch alle Köpfe geht es so! Die Stimmen, die ihnen das zuflüstern, hören nie auf.

Dante: Die Hölle funktioniert, weil sie absurd ist. Alles tun, um durchzukommen, nichts wollen als sterben! Wie viele Himmel gibt es?

Homer: Ich kenne nur einen, aber ich kann mich täuschen.

Dante: Eigentlich sollte einer genug sein. Einer, der endlich den Mund aufmacht, um die Frage zu beantworten, wessen sie sich schuldig gemacht haben?

Sie haben sich gerade eine Wasserschlacht geliefert, liegen da, atmen, sind glücklich, vor allem aber dankbar dafür, die Empfindung, sich glücklich fühlen zu können, noch nicht verloren zu haben.

Homer: Kein Wasser! Kein Mensch kann sich das vorstellen. Selbst in der Wüste gibt es Wasser.

Schauen Sie da, die Signora!

Homer sieht es sofort. Sie hat sich den ihr von ihm überreichten kleinen Olivenzweig wieder ins Haar gesteckt. Aber so wie sie schaut, scheint sie noch immer nicht ganz überzeugt, dass neben ihr nicht gleich ein Flugzeug vom Himmel fällt.

Homer fühlt sich Dante gegenüber ein bisschen schuldig, weil sie sein Geschenk, den Myrtenkranz, nicht aufhat.

XX

Dante will wieder eine Geschichte erzählt bekommen, aber Homer hat, wie er sagt, Gott sei Dank, alle vergessen. Stattdessen zeigt er ihm einen kleinen Zettel. Hier, schauen Sie, was ich neulich in einer meiner Taschen wiedergefunden habe, ein Rezept, sein letztes.

Belacqua?

»Freiheit und Egoismus, täglich!«

Wussten Sie, dass unser guter Dottore ein Verhältnis mit einer Polin hatte? Eine, wenn ich ihn richtig verstanden habe, anfangs heftige, für ihn dann aber wohl ziemlich schwierige, zuletzt reichlich qualvolle Beziehung.

Dante: Vergöttern, verzeihen, verzweifeln. Wie es eben so geht.

Kennengelernt hatte er sie als junge Krankenschwester, die sich dann aber mit großem, vielleicht zu großem Ehrgeiz zur Konzertpianistin hatte ausbilden lassen. Belacqua, der ja die Musik liebte wie keiner, den ich kenne, lag ihr zu Füßen. Er, der so nüchtern wirkende Mann, war glücklich. Sein Leben schien sonnenbeschienen. Er nahm zu, wurde dick und, wie er mir gestand, selbstgefällig.

Dante: Die ersten Schatten, wie man weiß.

Ja! Aber noch war genug Licht, und es gab Kerzenlicht. Und romantische Stunden. Es gab nichts, was ihn hätte warnen können, noch nichts. Sie übte wie eine Wahnsinnige. Sie wollte Mailand erobern, nicht die Provinz. Sie wartete auf London. Ich kann, wie sie ihm versicherte, ohne mich übergeben zu müssen, eine Bauchdecke aufschneiden und mit den Händen in Eingeweiden wühlen! Was sie für notwendig hielt, um ihre Finger geschmeidig zu halten.

Dante: O nein, bitte nicht!

Es kam noch schlimmer. Eine Leiche, versicherte sie ihm, sei nichts gegen die Dämonen, die, gefangen in einem Musikinstrument, auf einen warteten. Am besten mache man sich auf alles gefasst. Musik dürfe man nicht streicheln, wenn man überleben wolle. Es bringe nichts, anständig bleiben zu wollen. Man spiele nicht für ein Publikum, wie man Liebe nicht mache vor Publikum. Überhaupt habe Musik nichts mit Liebe zu tun, nicht einmal mit Liebe zur Musik.

Mir war, je länger unser Gespräch dauerte, mehr und mehr unwohl, zumal mir nicht klar war, für wie bedeutsam er ihre Ansichten hielt. Leidenschaft verlange ein kaltes Herz, so die Polin, ein kalt gegen die

Liebe tobendes Herz. Feuer dürfe nur in den Fingern sein.

Dante: Der Körper ist für den, der liebt, zu klein. An den Füßen unten ist Schluss. Was bleibt also?

Sagen Sie es mir.

Dante: Die Grausamkeit.

Das ist die Wahrheit! Die grausame Wahrheit. Warum nicht?

Dante: Richtig, warum nicht. Der Punkt, wo sich Komödie und Tragödie in die Arme fallen und, im schlimmsten Fall, küssen.

Entweder sie war verrückt oder dabei, es zu werden. Es habe nichts gegeben, was ihr Ruhe verschafft hätte. Sie sei nicht einmal, wenn er sie in den Armen gehalten habe, anwesend gewesen. Was zuerst wie etwas Großartiges ausgesehen und ihn fasziniert habe, habe ihm mehr und mehr zu schaffen gemacht. Eine in sich selbst eingesperrte Kreatur, in deren Nähe er sich wie ein Gefangener vorgekommen sei, das Opfer ihrer Obsessionen, und, was sie ihm gegenüber nie verheimlicht habe, nicht ihr einziges; es gab andere. Er sei, als er es erfuhr, eher erleichtert als verletzt gewesen.

Dante: Da haben wir es wieder, ein Arzt, der keinem helfen kann, sich selbst nicht und auch anderen nicht.

Sich zu trennen war natürlich alles andere als einfach. Und wollte er es? Und wenn er es wollte, würde er die Kraft dazu aufbringen? Gab es einen Ausweg? Sollte er seine Beziehungen spielen lassen? Er kannte einige Herren, die ihr Auftritte in Rom und London hätten verschaffen können. Würden sie ihn nicht auslachen, wenn er sich wie ihr Impresario aufführte?

Dante: Wie man sich in Menschen täuschen kann! Ein solches Privatleben hätte ich ihm nicht zugetraut, eigentlich überhaupt kein Privatleben.

Dann, er hörte sie bis in die späten Nachtstunden im Haus unten üben, hatte er eine Idee, die ihm zuerst ungeheuerlich vorkam, wie ein Verbrechen, wie ein brutaler, vorsätzlich ausgeübter Mord, den tatsächlich auszuführen ihm unmöglich erschien.

Dante: Er nahm ihr das Klavier weg.

Erraten, Dante. Es riss ihr das Herz aus dem Leib.

Dante: Das war *sein* Schnitt in die Bauchdecke! Er rief die Spedition an und vermachte es Ihnen. Nur weg mit dem Ding.

Er bekam Fieber, weil sie ihm leidtat. Aber er blieb bei seinem Entschluss. Ich habe ihn gefragt. Belacqua war Arzt, aber unfähig herauszufinden, was einem Menschen fehlt, der nicht weinen kann. Nie eine Träne, nicht einmal Tränen der Wut! Er sei in sie nur noch verliebt gewesen, wenn sie entweder schlief und er sie dabei anschaute und seine Träume hatte oder wenn sie auf Konzertreise war, Konzerte in der Provinz. Seltsam, wie sie geworden oder vielleicht immer schon gewesen war, war es aber bald auch damit vorbei. Allüren, wie sie sie an den Tag legte, konnten sich nur Weltstars leisten.

Dante: Verwundete Tiere sind unberechenbar. Man bringt sich besser in Sicherheit.

Deshalb das Rezept, das er zwar als eines für mich ausgegeben und deshalb auch mir ausgehändigt hatte, das aber im Grunde eines für ihn selbst war. Freiheit und Egoismus, die Inschrift auf seinem Kreuz. Der letzte Versuch, sich zu retten.

Dante: Und das Ende der Geschichte?

Wie Geschichten enden: mit dem Tod, mit seinem.

XXI

Homer während seiner großen Wanderung (siehe unten) zu einer Zufallsbekanntschaft: Es bedeutet nichts, es sind nur Schritte.

Homer im Garten zu Jean la Valse: Es gibt viele Sätze, die einer sagen kann, der behauptet, die Welt in einem Satz erklären zu können.

Homer im Schlaf: Dunkle Gedanken, dunkel wie die Erde eines Maulwurfshügels.

Homer bei den Schafen: Wenn sie reden könnten, würden sich Schafe auf Latein unterhalten, Ziegen auf Griechisch.

Homer zu sich: Die Erinnerungen, jede einzelne, eindampfen! Darunter mische man mit ruhiger Hand, was man geschrieben und alle Bücher, die man gelesen hat. Bei Körpertemperatur gut umrühren! Wie man sich, um zu vergessen, verliebt.

Dante behauptet, jede zweite Nacht neun Träume zu träumen. Warum nicht jede neunte Nacht zwei? Welches verborgene Leid zwingt ihm diese Ideen mit den Zahlen auf?

Was der Barbiermeister nach seiner ersten Begegnung mit Homer zu seiner Frau gesagt hat: Ich möchte so reden können, wie dieser Mann schweigt.

Homer nach dem Aufwachen: Die Erde, sechs Millionen Jahre alt, und jetzt ist es erst halb zehn.

Homer: Mit Dynamit, das sieht nun auch Dante endlich ein, ist gegen die Unsterblichkeit nichts auszurichten. Aber ich habe leicht reden. Ich weiß nicht einmal, ob es mich, von einer Frau zur Welt gebracht, je gegeben hat. Zu welchem Schwur sollte ich die Hand in welches Feuer legen?

Das sollte Dante lassen, von mir zu träumen. Oder mich wenigstens damit verschonen, mir seine Träume von mir zu erzählen. Ich war nie in Paris. Ich saß nie, in Paris oder sonst wo, in einem Taxi, schon gar nicht in Begleitung eines mir gänzlich Unbekannten, eines Schwätzers vor dem Herrn, der in seinem Traum nahezu gleichzeitig in vier Sprachen reden konnte. Mir reicht es schon, dass dieser la Valse, wenn er zu Besuch ist, nicht aufhören will, auf mich einzureden, und das auch noch so rücksichtslos laut. Ich bin vielleicht blind, aber nicht schwerhörig. Übrigens war auch Dante nie in Paris. Ich kann nicht einsehen, wozu das alles gut sein soll. Soll ich mich nach Paris einschiffen, ein Taxi nehmen und auf gut Glück auf Zufallsbekanntschaften hoffen? Ich, der so wenig auf Zufälle gibt wie auf Träume oder Reisen ins Ausland? Aber, das muss man Dante lassen, erzählen kann er, was die Sache dann doch einigermaßen erträglich macht. Dazu kommt sein Humor, wenn er mir eine Liebesgeschichte prophezeit, der Troubadour und eine Schöne der Nacht – und so, mit Anspielungen in jede gewünschte Richtung. Das spielt er durch, zieht mich damit auf, hat sein Vergnügen. Wenn ich ihm versichere, entweder nicht zu träumen oder mich nach dem Aufwachen an nichts erinnern zu können, lacht er.

Dante: An nichts, auch nicht an Kleinigkeiten?

Manchmal vielleicht, aber sicher bin ich nicht, ob es nicht das Aufwachen ist, das meine Träume erfindet!

Dante: Aber an die erinnern Sie sich.

Nicht lange, dann verschwinden sie, schlechtgelaunt vermutlich, weil ich nicht interessiert bin.

Dante: Bitte Beispiele!

Da war eine Frau, die unsere Antonella gewesen sein könnte, mit einem Hütchen auf dem Kopf, das ein Flugzeug sein könnte. Dann war da einmal ein Hund, der mir nachschaute.

Dante: Pompo!

Vermutlich, obwohl ich ihn nicht erkannt habe.

Dante: Was ist mit Odysseus? Sie müssen doch, wenigstens einmal in all den Jahrhunderten, von Odysseus geträumt haben!

Sollte man annehmen, ja.

Dante: Und?

Meine Anstrengungen, ihn aus meinem Gedächtnis zu verbannen, waren offenbar erfolgreich. Ich sah ihn nur einmal bis zur Besinnungslosigkeit erschöpft in einer Bibliothek auf einem Stuhl sitzen. Er tat mir leid, wie er versuchte aufzustehen und es nicht schaffte. Er schaffte es einfach nicht!

Dante: Odysseus, gefangen in einer Bibliothek, begraben unter Büchern!

Geben Sie ruhig mir die Schuld. Auch an der vor sich hin faulenden Zitrone, die er in der Hand hielt.

Dante: Was darauf schließen lässt, wie lange er schon nicht auf die Beine kommt, obwohl er es doch möchte.

Er sah aus wie einer, der am Verdursten ist. Wie hätte ich ihm helfen können? Die Wasserflasche war außer Reichweite, ganz zu schweigen vom Wasserhahn auf der Toilette. Wenn es nach mir ginge, ich würde Träume verbieten.

Dante besteht nicht gerade darauf, ich solle mich auf die Suche nach dem Sinn des von mir Geträumten machen, aber er sieht darin überall Zeichen und Symbole. Ich nicht. Das ergibt nichts. Da verschlafe ich Träume lieber.

Jean la Valse, in einer Bar in Piacenza vor sich hin summend: Immer mit der Ruhe! Ruhig Blut! So weit ist es noch nicht. Nur nie die Ruhe verlieren. In der Ruhe liegt die Kraft. Siehe, wie ruhig es ist. Wie die Ruhe nach dem Sturm. Kaum gesagt, berührt mich, zufällig natürlich, eine Rothaarige, und aus ist es mit der Ruhe! Ich werde, nehme ich mir vor, erst einmal in aller Ruhe eine Kerze anzünden, was sie missversteht. Sie hat es gern hell und unruhig. Ich habe alle Farben durch, aber nur in Rot das richtige Tempo. Auf Hochtouren oder vor Müdigkeit umfallen. Ein ruhiges Gläschen? Nicht doch. Her mit der Flasche. Keine Spielchen. Zieh die Socken aus. Stell die Musik lauter. Ich entscheide, wie die Geschichte ausgeht. Sag was, irgendwas. Wenn du nichts sagst, schreie ich. Was ist? Ich habe dich nach der Farbe meiner Augen gefragt, also schau mich an. Schau mir in die Augen. Keine Sorge, du bist nicht der Erste, der sich nicht entscheiden kann. Stimmt, kann ich nicht. Schwer zu sagen. Aber ich bin sicher, mir wird was einfallen. Ich kann im Spiegel förmlich sehen, wie mir was einfällt. Es ist wie im Kino. Das Licht geht aus. Der Vorhang teilt sich. Film ab. Ein Mann sitzt am Tresen einer Bar, entnimmt seiner Brieftasche einen Geldschein, der Manteltasche sein Feuerzeug und zündet, um auf die Frage nach der Farbe ihrer Augen zurückzukommen, seelenruhig den Geldschein an. Die Farbe Ihrer Augen? Eine Farbe, die nur entsteht, wenn man Geldscheine verbrennt.

Dante: Wie haben Sie es geschafft, das 14. Jahrhundert zu überleben?

Homer: Indem ich es verschlafen habe, zumindest die erste Hälfte. Hätte ich mir die Pest einfangen sollen? Selbstverordnete Quarantäne schien mir angesichts von Hunderttausenden von Toten, die die Seuche dahingerafft hatte, das Vernünftigste; und um Florenz einen großen Bogen machen. Endlich hatte ich auch genug Zeit, meine Freundschaft mit der Heiterkeit zu erneuern. Da hatte ich Nachholbedarf. Und wenn noch Zeit blieb und es nicht zu anstrengend war, habe ich hin und wieder ein wenig nachgedacht.

Dante: Worüber?

Homer: Sie kennen uns Griechen ja. Wir müssen die Füße bewegen, um nachzudenken. Und nach dem Herumsitzen ein halbes Jahrhundert brauchte ich Bewegung. Also machte ich mich auf den Weg. Eine alte Idee von mir! Fußmarsch entlang der Küstenlinie, die ganze Strecke von Venedig nach Süden runter, um Puglia und Kalabrien herum und auf der anderen Seite wieder hoch bis Genua, sogar, genauer gesagt, bis San Remo, wo ich mich eine Zeitlang in einer Gärtnerei nützlich machte. Ein gutes einfaches Leben. Ich war zufrieden. Ich wollte nicht mehr werden, als ich sein wollte.

Dante: Beneidenswerte Bescheidenheit.

Homer: Den Knoten, wenn schon nicht durchschlagen, so doch mit Geduld und Geschick zu lösen versuchen. Zum Beispiel herausfinden, wie man den Zustand, unsterblich sein zu müssen, beenden könnte. Manchmal unterwegs, das gebe ich zu, war ich versucht, einfach ein Schiff zu nehmen, egal wohin, nur weg, aber ich hatte, was zu hören Sie nicht überraschen wird, genug von Ozeanen. Dazu kommt, was man in meinem Fall gar nicht laut sagen darf, dass ich leicht seekrank werde.

Dante: Mir macht die Höhe zu schaffen. Ich bin nicht schwindelfrei. Ich habe mehr Angst vor den Dolomiten, als ich Angst vor der Pest hatte.

Homer: Nach meinem Fußmarsch war ich körperlich und geistig verjüngt. Ich habe mich nie besser gefühlt.

Dante: Noch mal zurück zu meiner Frage: Worüber nachgedacht?

Homer: Ach, nichts. Über die menschliche Dummheit und wie man ihren Ruf verbessern könnte.

Nachtrag zu der drei Jahre andauernden Inhaftierung hinter klösterlichen Mauern: Sie erinnern sich, Dante und Homer unter dem Verdacht, mit dem Teufel im Bunde zu sein, was sich, wie berichtet, bis in höchste politische Kreise herumgesprochen hatte. Die in Avellana gemachten Fotos lagen längst auch auf den Tischen der Chefs der italienischen Spionageabwehr, die die Frage beschäftigte, welchen Nutzen ihre Abteilung aus der Tatsache ziehen könnte, dass es da offenbar zwei Individuen gab, einer soll Italiener, der andere, soweit bekannt, Grieche sein, die, obwohl man sie mehrfach fotografierte, auf den Fotos durch kein noch so hochentwickeltes Verfahren sichtbar zu machen waren. Es gab sie, sozusagen leibhaftig, aber zugleich nicht, wenigstens auf Dokumenten nicht. Geheimdienstler glauben an viel, vor allem an Spione mit der Begabung, sich bei Gefahr ihrer Enttarnung in Luft auflösen zu können, nicht aber an Gespenster. Und das waren Dante und Homer ja nun wirklich nicht.

Hätte man beiden die Fotos vorgelegt (was nicht geschah!), sie hätten es selbst nicht geglaubt. Ob es sie interessiert hätte? Schwer zu sagen.

Es hätten nach Ablauf der drei Jahre leicht noch ein paar Jährchen dazukommen können. Der Fall war heikel, die Überlegung, sie als Agenten auf die Lohnliste zu setzen, verführerisch. Also alles noch mal von vorne. Eingehende medizinische Untersuchungen, unter strengster Geheimhaltung durchgeführt in Ferrara, ergaben nichts unbedingt Nachteiliges, was man den beiden ohne Bedenken mitteilte. Ein Trost immerhin; wenigstens wussten Dante und Homer nun, dass sie noch immer gesund waren. Weniger vorteilhaft dagegen fiel die Beurteilung ihrer geistigen Gesundheit aus. Ein später angefertigtes Protokoll aller Ergebnisse spricht von erheblichen, wenn nicht bedenklichen Defiziten, was ihre Fähigkeiten betrifft, Ehrgeiz an den Tag zu legen, Bereitschaft zu zeigen für Risiken, die einzugehen das politische Geschäft ihnen aber abverlangen würde. Dazu kamen moralische Bedenken. Sie schienen nicht das Zeug (und auch nicht das geringste Vergnügen daran) zu haben, aus geschickt vorgetragenen Lügen so etwas wie eine Wahrheit zu machen. Überhaupt zu lügen, missbilligten sie. Sie waren auch in jeder anderen Beziehung Abstinenzler. Ob sie in einem Hotel, geschweige denn an der Hotelbar eine passable Figur abgeben würden? Eher nicht. Sie teilen nicht die Werte, an die man zum Vorteil und Gelingen eines Auftrags glauben muss. Man könne klar sehen, hieß es an anderer Stelle, dass sie »nicht ganz von dieser Welt« seien – was vermutlich abschätzig gemeint war, aber doch hellseherisch ins Schwarze traf. Ergänzend dazu: Sie seien »butterweich«. Sie wären nicht einmal als Praktikanten groß von Nutzen, was dann letztlich den Ausschlag gab, die Sache fallen- und die beiden laufenzulassen.

Homer, mit grüner Gärtnerschürze in San Remo: Eines Tages musste es ja passieren! Und es traf einen völlig ahnungslosen Homer. Anlässlich eines Firmenjubiläums der Gärtnerei Morone e Fratelli, bei der Homer arbeitete, trommelte man alle Beschäftigten zusammen für ein Gruppenfoto. Am Ende, Sie ahnen es, waren alle drauf, nur in der vorletzten Reihe ganz außen rechts, wo sich der bescheidene Homer aufgestellt und in die Kamera gelächelt hatte, war kein Homer zu sehen, beim besten Willen nicht. Es fiel auch zuerst gar nicht auf, weil jeder nur nachschauen wollte, ob er vorteilhaft getroffen war. Es war dann ein Arbeitskollege, ein liebenswerter junger Lehrling, der Homer mochte, der ihm, Tage später, das Foto zeigte. Wie ist das möglich?

Es war möglich. Und Homer war es recht. Er dachte sich nichts dabei. Er hatte ja auch von den Avellana-Fotos, wie Dante, nie einen Abzug zu Gesicht bekommen.

Und Homer, zu dieser Zeit bereits voll und ganz mit der Arbeit des Vergessens und seines Verschwindens beschäftigt, vergaß es.

Das fiel ihm, was seinen jungen Bewunderer anging, schwerer. Lange ging er ihm nicht aus dem Kopf. Das gab es also noch, das Fleisch eines Knaben, seine Unschuld, seine Unwissenheit, seine Keuschheit. Wenn er sich je alt gefühlt hat, dann im Zusammensein mit ihm. Es war nicht, wie der Junge ihn anschaute. Er kannte die Blicke noch nicht, mit denen man seine Zuneigung zeigt, die Bereitschaft, sein Herz zu öffnen und irgendwann, sollte es so weit kommen, seine Hose.

Sicher wirst du eines Tages heiraten.

Klar, werd ich. Warum nicht?

Du hast sicher schon das eine oder andere Mädchen im Auge.

Mädchen? Er schaute Homer an. Ich werde einen Baum heiraten!

Noch eine Erinnerung in diesem Zusammenhang. Wie hatte der Tuchhändler zu Homer gesagt, als er zu einer Anprobe vorbeigekommen war? Sie verschlingen ganz schöne Mengen Stoff. Damit könnte man einen Baum einkleiden!

Hören Sie mal, sagte der Junge zwischen zwei Bissen in ein Brot in einer Mittagspause zu Homer. Etwas entfernt, gegen eine Leiter gelehnt, stand ein Mann, den alle Buffo nannten, und sang. Der Junge kannte das Lied und summte mit. Und alle Grünschürzen nach und nach auch. Amor ti vieta di non amar … Ist das Leben nicht ungerecht? Sie sollten ihn in Mailand oder Neapel auftreten lassen. Oder in Amerika. Mit so einer Stimme kann einer reich werden. Der arme Buffo. Verdient kaum genug, um seine Kinder satt zu kriegen. Nicht einmal genug, um sich seine Zähne richten zu lassen. Er muss jedes Mal, wenn er singt, höllisch aufpassen, dass sie ihm nicht rausfliegen. Der Junge lachte. Und seine Frau ist schon wieder schwanger.

In Santa Maria di Leuca in Puglia, dem südlichsten Punkt Italiens, verbrachte Homer ganze Tage mit den Steinen, die er aufgesammelt hatte, Steine verschiedener Größe, die er, um ihnen zuhören zu können, bei Windstille gegeneinanderschlug, Ein Archäologe, der nichts ausgräbt, sondern etwas in der Welt für jeden sichtbar Herumliegendes in die Hand nimmt. Nicht sein erster Musikunterricht, denn er hat Stürme gehört, die Wasser der Meere, den Wellenschlag gegen die Planken hölzerner Schiffe, den

Nachhall der Schläge schwerer Schwerter, das Singen der Sirenen, Nausikaas Stimme. Hier in Leuca waren es die Kiesel. Er wird sich später daran erinnern, wenn er auf einem Schemel vor einem Klavier sitzt und mit dem Klang der Töne zurechtzukommen versucht. Töne, die dahinsterben, ohne melodisch erhört zu werden. Töne, die nicht zueinanderfinden. Töne, die keinem Komponisten gehören. Er war auf dem besten Weg, selbst einer zu werden. War der Klang eine Sprache? War er nicht die verständlichste aller Sprachen?

Das FREE-DANTE-T-Shirt hat inzwischen als Kultobjekt weltweit Karriere gemacht. Das Original wird im Internet zu horrenden Preisen als Sammlerstück angeboten.

Homer, rückblickend: Ich habe viel verschwiegen. Nehmen wir nur Aphrodite. Als sie dem Meer entstieg, trug sie weiße Handschuhe, was ich, weil mir das damals ohnehin niemand abgenommen hätte, verschwiegen habe. Nasse Haare standen ihr nicht, auch das habe ich verschwiegen. Und dass sie ganz schön was auf den Hüften hatte. Göttin der Schönheit? Ich habe Bauernmädchen gesehen, einfache, ärmlich gekleidete Mädchen, zu arm, um sich Schuhe leisten zu können, die ihr hätten gefährlich werden können. Was schon ist Schönheit, wenn nicht Geschmackssache? Was noch? Ich habe ihr Alter heruntergesetzt. Auch strahlte sie nicht aus, wonach alle immer schon verrückt waren: ewige Jugend. Ich wusste es besser, habe es aber verschwiegen. Ich habe sie »die Goldene« genannt, wofür ich mich heute ohrfeigen könnte. Warum die Goldene? Um sie kostbar, unnahbar zu machen? Jeder streckt doch die Hand nach Gold aus, will es, raubt es, riskiert Kopf und Kragen, tötet, mordet, versteckt es. Nichts ist nahbarer! Noch was? Sie war die gute Fee, die Beschützerin der Ehe, was mich allerdings herzlich wenig interessiert hat. Wir hatten andere Sorgen als die, ob bei dem, was wir so trieben, der Bestand des Menschengeschlechts auf dem Spiel stand.

Zu meiner Verteidigung habe ich nichts zu sagen. Und ich will mich auch gar nicht verteidigen. Es steht jedem jungen Dichter frei, mit Gold um sich zu werfen. Das legt sich mit der Zeit. Dann spielt es keine Rolle mehr. Dann, wenn man es noch erlebt, kommt die Scham! Mit einer Wucht, die einen umbringen kann. Dass sie das nicht getan hat, bedaure ich. Aber, bitte, nicht nur ich, auch die Nachwelt, deren Verehrung mir bis heute keine Ruhe gönnen will, sollte sich schämen. Ich habe nichts getan, was diese Belästigung rechtfertigt. Mein Lebewohl wurde und wird nicht anerkannt, bis heute nicht. Niemand nahm oder nimmt meinen Abschied als meine eigene wohlüberlegte und endgültige Entscheidung ernst. Sie wollen nicht verstehen, dass man genug hat! Nicht weiter überraschend, man muss sich nur diese sich selbst verklärenden, selbstverliebten Wahrheits- und Weisheitssucher anschauen, denen Gefühle der Unzufriedenheit nichts anhaben können. Sie haben, wie Priester auch, etwas Spukhaftes an sich. Denen in den Rednerschulen und den Akademien, wo es immer mächtig geschäftig zuging, habe ich nie getraut, so richtig nicht einmal meinen Freunden unter den Philosophen. Ich blieb lieber allein. Mein größtes Talent: Allein sein zu können. Wenn ich, als ich noch aktiv war, überhaupt jemand bewundert habe, dann die Athleten, die Ringer, Faustkämpfer, Diskuswerfer, die Wagenlenker, Männer, die sich körperlich verausgaben, Männer mit schmutzigen Händen. Da brauchte ich nichts zurechtrücken, nichts erklären. Ich ging ins Stadion, nicht ins Theater. Die Sterblichen waren mir nahe, nicht die Ideen.

Dante zu Homer, als sie die ersten Schritte in der freien Natur und in Freiheit hinter sich hatten: Von mir gibt es noch einen, und das sind Sie.

Homer: Zählen wir meinen Freund, die Heiterkeit, dazu; dann sind wir zu dritt. Mit einer ungeraden Zahl war mir immer schon wohler. Sie, Dante, die Neun, ich die Drei. Wir dürfen nur nicht den Fehler machen, uns addieren zu wollen. Wie Menschen es tun, die ihr Glück durch Addition zu bestechen versuchen. Darauf habe ich nie was gegeben. Ich will niemand beleidigen, am wenigsten die Liebespaare. Aber ich weiß nicht. Ich habe die Zwei als Zahl und

Einheit nie gemocht. Was will ich mit ihr, wenn die Eins und die Drei, wie alles Ungerade, so viel interessanter sind.

Dante: Die Neun ist interessant, nicht die Acht, es sei denn, ich lege sie auf den Bauch, als Zeichen der Unendlichkeit.

Homer: Der Kampfgeist der Heiterkeit! Der noble Mut, sich erst einmal selbst etwas zuzutrauen. Schutz suchen bei sich selbst. Das war es, was mich die Athleten gelehrt haben. Nicht einmal Götter haben das immer hingekriegt.

Homer band sich die Schuhe fester. Dann los! Unsere Antonella wird Augen machen.

Dante: Was wir nicht vergessen dürfen: die Gartenschere, die mitzubringen wir ihr versprochen haben.

Dabei fiel Homer natürlich gleich die Stadt ein, die Stadt im Wasser, die er liebt. Und wie ihm, sehr unliebsam, der Barbiermeister was in die Hand drücken wollte. Hier, was zu lesen! Du liebe Güte. Ein Geschenk. Asiatische Liebeslyrik, das auch noch. Dachte wohl, jeder sollte wenigstens ein Buch zu Hause haben, eines wenigstens. War nicht leicht, ihm das auszureden, ohne den guten Mann zu beleidigen. Ein Buch, wenn man es einmal in der Tasche hat, wohin damit? Nein, nein. Nichts Gedrucktes mehr. Soll er denken, was er will. Soll er seiner Frau was draus vorlesen. Wenn er den Mumm aufbringt, was ich bezweifle. Wer hätte dem Mann das zugetraut! Eine Vorliebe für unbekleidete Gedichte! Ich nicht! Seine Frau? Da steht ein völlig neuer, unbekannter Mann vor ihr. Nicht einmal die Stimme erkennt sie wieder, so lockend sanft wie in nicht einer Nacht ihres langen gemeinsamen Lebens. Ein schwerer Schlag für die arme Frau. Nein, danke. Oder ich kenne mich da nicht aus. Und alles wird gut, richtig gut zum ersten Mal nach Jahren der Dürre. Was weiß man schon. Ein Mann, der die Mutter seiner Kinder wieder zur Jungfrau machen will, die ganze Sache noch mal neu starten, ohne leidige Ungeschicklichkeiten. Feuchte kalte Hände, Hustenreiz schon beim ersten Wort, das er an sie richten will. Wohin schauen? Selbst die Veilchen ließen den Kopf hängen. Alles nicht sehr eindrucksvoll. Nicht gerade ein Venezianer, wie er im Buche steht. Aber für seinen Haarschnitt, das muss man ihm lassen, hatte er ein Kompliment und eine Aufmunterung verdient. Auch wie er nach der Rasur die Haut mit einem leichten Öl beruhigt hat.

Homer erkundigte sich, er hatte schließlich was gutzumachen. Auch eine Einladung zum Essen und zu einem Kartenspiel wäre wieder mal fällig.

Famos, das Zeug da, ganz famos! Eigene Kreation?

Er nickte. Er verbeugte sich geradezu.

Homer, anerkennend: Schließt die Poren. Belebt. Und duftet nicht mehr, als es einem Mann zu Gesicht steht. Sollten Sie auf den Markt bringen.

Ich bin noch dabei, es zu verbessern.

Ach was, entschied Homer und war zufrieden.

Dreimal vier Jahreszeiten unterwegs, das kam einer ersten Verwandlung ins Unsichtbare gleich. Nicht dort sein, wo die Müdigkeit auf einen wartet. Oder die mit Lederriemen bandagierten Fäuste des Gegners. Das war, was er Kleitomachos, dem Meister des Faustkampfs, bei seinen Kämpfen abgeschaut hatte. Dem Gegner, der, um Treffer landen zu können, das Sichtbare sucht, kein Ziel bieten. Keine Gewalt anwenden, wie es Anfänger tun und die Angeber, die es eilig haben wollen. Mit dem Atem der Heiterkeit dem Mann antworten, der vor Müdigkeit vor deinen Augen zerfällt, einem Mann in der Schande der Niederlage.

Irgendwann hatten die Katzen den Spaß dann aber satt, den sich Dante mit ihnen so lange erlaubt hatte. Alles, was recht ist: Es gibt auf der Welt genug Nahrung auch anderswo. Suchen wir uns ein ruhigeres Plätzchen. Soll der alte Mann schauen, wie er ohne uns zu seinem Vergnügen kommt. Aber nachtragend, nein, dazu sind wir zu stolz. Wir sind Katzen! Und, zugegeben, die Sache hatte ja anfangs auch was. Einige von uns entwickelten richtig Ehrgeiz, bestand doch die Herausforderung darin: Wie kann ich, auch bei Übergewicht, so elegant auf meinen Pfoten landen, wie mich der Spinner in die Luft geworfen hat. Das führte unter uns zu kleinen Streitereien, zu Anfällen von Eifersucht, zu zur Schau gestellter Eitelkeit. Alles Eigenschaften, denen wir Katzen leicht erliegen, vor allem der der Selbstgefälligkeit. Am Ende fetzten wir uns nur noch an. Wir haben uns wie Idioten benommen. Jemand hätte uns das Fell über die Ohren ziehen sollen. Das, und nichts anderes, war der wahre Grund, Schluss zu machen. Nicht er! Er war ja nie irgendwie grob zu uns gewesen. Für einen guten Flug gab es Bewunderung. Er kraulte uns zur Belohnung. Gemein war nur seine Ausdauer und dass er mit seinem Sport auch bei Regen nie aufhören konnte. Wenn ihm danach war, machte ihm nicht einmal ein Gewitter was aus. Da hat er übertrieben. Trotzdem: Viel Glück! Und viele kleine, kluge, lästige Mäuse.

Dante gräbt im Schnee nach Energie oder, wie er sich ausdrückt, nach von Engeln abgefallenen Flügeln.

Er steht mit nackten Füßen im Schnee, was im Mittelalter als probates Mittel gegen Erkältungen und beginnendes Fieber in weitverbreitetem, bis in Adelskreise hinauf hohem Ansehen stand. Wie sich Glaube eben schon immer mit Aberglaube vermischt hat: Nichts gelingt dem, der keine Bereitschaft zeigt zu leiden. Dagegen ist, was in Dantes Kopf vor sich geht, reine Privatsache und nicht leicht zu entschlüsseln. Er stellt sich Fragen, auf die Antworten zu finden nur dem gelingt, wenn überhaupt, der sich zu einer an Wahnsinn grenzenden extremen Hingabe befähigt fühlt. Wie Homer es einmal formuliert hat: Wahnsinn als Waffe, die zu gebrauchen Verstand voraussetzt. Eine Frage der Einbildungskraft, die dem Wirklichen das Gewicht nimmt, dem Stein die Härte, den Tränen die Traurigkeit. Nur ein Dichter (oder das, was von einem Dichter noch immer in Dante steckt) kann hoffen, dass ihm die Füße nicht erfrieren, die Fieberkurve sich absenkt, das Husten aufhört. Bei Verstand bleiben heißt auch, nicht den Helden spielen zu wollen, was vor allem den jungen unter den Adligen bald reihenweise zum Verhängnis wurde. Sie standen im Freien vor den Städten oder, wenn außer der Dienerschaft niemand zu Hause war, in den Parkanlagen der elterlichen Villen bei eisigen Temperaturen mit bloßen Füßen und Beinen im Schnee, fielen irgendwann um und waren, da niemandem erlaubt war, ihre Ehre anzutasten, unrettbar verloren.

Diese verwöhnten, allesamt wohlhabenden jungen Adligen hatten, von ihren knabenhaften Tagen an, in jedes Bett den kürzesten Weg – und damit ein Problem, das sich durch erfüllbare und erfüllte Wünsche nicht beseitigen ließ. Das war es, was sie in den Schnee und in die Kälte trieb. Dort hinterließen sie der Welt ein letztes, von tiefer Befriedigung gesättigtes Aufstöhnen, wie es des Nachts bei sommerlichen Temperaturen bis heute allerorten aus offenen Fenstern zu hören ist. Eine Antwort auf den Verdacht, es müsse die Liebe, als das allseits anerkannte höchste aller Gefühle, doch durch ein noch stärkeres Gefühl überboten werden können. Die Folge: eine eindrucksvolle Häufung von Todesfällen. Und es schneite weiter.

Dante übersteht alles eiskalt, weil er sich nicht wie ein dummer Junge benimmt, der versucht, Venus zu ärgern.

Homer, hellwach: Ich lasse mich nach Afrika schaffen, Übernachtung in einem Hafen, Spaziergang über einen Markt, es wird sich ein Kamel finden, das mich in die Wüste schaukelt. Ich glaube nicht, das ich hier in Schwierigkeiten gerate. Die Welt in meinem Rücken geht in Flammen auf. Hammelfleisch. Fladenbrot. Palmen. Nächte in allen Farben. Es soll mir gutgehen. Und wenn ich nur Gewicht verliere! Und nicht alles falsch mache, ungeübt, um nicht zu sagen: eingerostet, wie ich inzwischen bin.

Schade, wie viele Menschenalter vergehen mussten, um mich nach einem Bad in heißem Sand zu sehnen. Addio, guter alter Freund. Er wird jedenfalls nicht davon träumen, dass ich Postkarten verschicke. Oder je zurückkomme. Dem Minimum näher und näher kommen! Ich werde mir Mühe geben. Ich habe Zeit. Ich höre Trommeln, wie ich sie lange nicht mehr gehört habe. Den letzten Weißen habe ich in einer nach allen Seiten hin offenen Teestube einer Oase getroffen, ich glaube, in El Oued, einen Engländer, der mich aufklärte: Der Einfachheit halber sind wir alle hier dunkelhäutig.

XXII

Homer wird von Dante aus einem tiefen traumlosen Schlaf gerissen. Er hat Neuigkeiten, die ihn beunruhigen.

Homer: Ist irgendetwas nicht in Ordnung?

Dante: Wir werden observiert!

Homer findet ohne Brille seine Brille nicht.

Homer: Sehen Sie vielleicht irgendwo meine Brille liegen?

Dante: Wirklich! Sehr einfallsreich, sich als Spaziergänger zu tarnen. Da, da liegt sie.

Dante reicht das Fundstück weiter.

Homer: Entweder meine Augen taugen nichts mehr oder der Frühling. Alles grau!

Dante: Es sind zwei. Eine Frau und ein Mann. Mit Fotoapparaten.

Homer: War ja auch nicht zu erwarten, dass die Welt uns in Ruhe lässt.

Homer tritt zum Fenster und verschafft sich einen ersten Überblick. Auf einer kleinen Anhöhe, von der aus sowohl das Haus wie das ganze Grundstück einsehbar sind, entdeckt er sie, was Homer, sehr zur Verwunderung von Dante, amüsiert. Sie halten uns also noch immer für eine kostbare, begehrte Substanz. Wir sollten uns den Spaß gönnen, freundlich zu sein. Immerhin haben sie sich die Mühe gemacht, sich bis zu uns durchzuschlagen.

Dante: Mein Vorschlag wäre, im Haus zu bleiben, in Deckung zu gehen. Wäre doch nur Pompo noch am Leben!

Im Gegensatz zu Dante weiß Homer seit dem Gruppenfoto anlässlich des Firmenjubiläums der Gärtnerei Morone e Fratelli in San Remo, dass, was Fotos angeht, keinerlei Gefahr besteht. Er hat die Abzüge ja noch irgendwo herumliegen.

Während ein paar gymnastischer Übungen am offenen Fenster, die er sich jeden Morgen zur Pflicht gemacht hat, klärt er Dante über den Sachverhalt, die Entdeckung seiner Unsichtbarkeit, auf.

Homer: Als Journalisten sollten sie eigentlich besser informiert sein. Die letzten, die uns aufgelauert haben, waren, glaube ich, Franzosen, gleich drei, die dann am nächsten Tag wiederkamen. Ich sehe noch den Schrecken in ihren Gesichtern, als sie uns die Entdeckung mitteilten, dass keiner von uns auf auch nur einem ihrer Fotos zu sehen war. Das gleiche Entsetzen, Sie erinnern sich, das damals unseren Capitano so aus der Fassung gebracht hat, dass ich mir Sorgen gemacht habe, ob er nicht ohnmächtig umfallen würde. Was ja dann tatsächlich auch passierte. Er ist umgekippt, was sehr komisch ausgesehen hat, die eine Hand an der Mütze, die andere am Kragen, um zu prüfen, ob wenigstens seine Krawatte noch richtig sitzt.

Die Frau ist inzwischen auf einen Baum geklettert und stellt ihre Objektive auf Schärfe. Der Mann verschwunden hinter Brombeergestrüpp.

Homer: Sie werden sich die Zähne ausbeißen. Es wird keine Dokumente geben können, so viel ist sicher. Er wischt sich mit einem Handtuch sein Gesicht und die Arme trocken. Was halten Sie davon, Dante, wir erlauben uns den Spaß, ihnen, falls sie das wünschen, ein Interview zu gewähren. Was kann uns schon passieren? Ich bin Pianist.

Dantes Laune bessert sich. Wenn wir unsichtbar sind, haben wir nicht viel falsch gemacht.

Homer: Ich könnte Sie, wenn Sie nichts dagegen haben, als Opernsänger vorstellen, der seine Stimme vergessen hat.

Dante: Meine Stimme vergessen! In seinen Augen leuchtet es auf, ein helles, freies, heiteres Leuchten. Und nicht nur meine Stimme, mehr noch, viel mehr, das Leben meiner Kinder, den Ruhm, das Jahrhundert meiner Triumphe, das Jahrhundert der Teufel, das Jahrhundert der Toten. Alles vergessen!

Homer putzt seine Brille, setzt sie wieder auf und schaut hinaus. Was ist mit dem Frühling los? Nicht einmal ein erstes süßes Summen ist zu hören. Ich werde meine Schafe fragen gehen. Kommen Sie mit?

Dante: Wie kann das gekommen sein, Sie Klügster aller Klugen? Sie und ich, unsichtbar! Seit wann? Sind wir die Einzigen?

Homer: Ich habe keinen der Bildhauer, die meinen Kopf verewigt haben, je danach gefragt, wozu auch. Sie haben mich angeschaut. Ich war da. Am Ende war ich Marmor. So ähnlich wird es ja wohl auch bei Ihnen gewesen sein, stelle ich mir vor. Am Ende waren Sie Farbe auf Holz, Leinwand oder Mauerwerk. Natürlich, wenn man diese Künstler reden hörte, auch sie sprachen vom Sichtbaren und Unsichtbaren, meinten aber etwas anderes. Sie hätten genauso gut, wie Philosophen es tun, vom Wesentlichen und vom Unwesentlichen reden können. Künstler, wenigstens behaupteten sie das, sehen an einem Kopf oder Körper das Wesentliche, nicht eben nur Nase, Kinn, Arme, Beine, also das, was alle sehen. Das Wesentliche, sagen sie, sei das Erkennen des Wesens eines Menschen, sozusagen die Innenansicht, das Verborgene. Zu meiner Zeit nannte man das: die Wahrheit! Heute würde man sagen: die Aura! Die Alten sahen nicht einen Baum, sondern dessen Seele, seinen Geist. Sie sahen das Geistige, das Unsichtbare. Immerhin, auch die Geister, an die die einfacheren Leute glaubten, sah man ja nicht. Es gab also viel mehr Unsichtbares als Sichtbares. Die Menschen haben das nach und nach vergessen. Wir sind es, Sie und ich, die sie daran erinnern.

Während Homer sich so seinen langsam erwachenden Gedanken hingegeben hat, hat er sich feingemacht. Eine helle weite Hose, wie sie Derwische tragen, mit einem safranfarbenen Tuch, das als Gürtel dient. Ein Hemd aus Rohseide. Um Dante zu imponieren, bleibt er barfuß. Auf geht's! Schauen wir uns die Eindringlinge mal genauer an.

Dante hat sich mit seiner Kleidung den morgens noch empfindlich frischen Temperaturen angepasst. Seine Cheviot-Hose, ein sauberes Hemd, darüber ein Pullover aus Schafwolle, den die Frau des Barbiermeisters für Homer gestrickt hatte, der aber zu klein geraten oder beim ersten Waschen eingegangen und in den Besitz von Dante übergegangen war. Um die Schultern hat er sich eine wärmende Decke gelegt. Schuhe hat er keine an, weil er sich mächtig was drauf einbildet, Homer, aber vor allem der Köchin zu beweisen, was seine Füße inzwischen alles gelernt haben: im Schnee stehen, über eine Wiese gehen ohne Angst, auf eine Heuschrecke zu treten, das Stechen von Grashalmen und kleinen spitzen Steinchen aushalten, und das, ohne zu fluchen. Er bekommt, sobald er barfuß unterwegs ist, einen eigenartig wesenlosen, fast heiligen Gesichtsausdruck.

Wie hieß er doch gleich wieder?

Wer?

Unser Barbier! Irgendwas mit A am Anfang.

Mit gleich zwei As, sogar. Almidano Artifoni.

Schöner Name.

Wie sich herausstellt, als die Frau vom Baum heruntergestiegen ist und der Mann sein von den Dornen des Brombeergestrüpps ramponiertes Jackett ausgezogen und begutachtet hat, ist sie eine Deutsche, er Österreicher, beide Akademiker, beide Mitglieder der Dresdner Dante-Gesellschaft, er Radiologe in Rente und Liebhaber griechischer Sagen, sie Fotografin, eine Frau in den besten Jahren, die sich als Frau Dr. Walther vorstellt, Dante-Kennerin mit einigen in der Fachwelt nicht unbeachtet gebliebenen Publikationen zur Geschichte von Florenz.

Sie waren, wie sie zugeben, auf alles gefasst gewesen, nur nicht auf einen so freundlichen Empfang. Im wahrsten Sinn: ein Entgegenkommen, das der Mann mehr zu würdigen versteht als die Dante-Kennerin; sie scheint, wie unter Hypnose stehend, ausschließlich von Dante fasziniert zu sein, seinem ausgemergelten Gesicht, dem scharfkantigen Profil, das sie von unzähligen Abbildungen her kennt. Man sieht ihr ihre Erregung an und den Kampf, den es sie kostet, sich zu beherrschen, diesen Mann nicht zu berühren, sein Gesicht nicht anzufassen. Ist da in ihm Trockenheit oder lebendig fließendes Blut? Sie ist wie betäubt. Ist er Trugbild oder Realität? Sie kennt alles, was er geschrieben hat, kann viele seiner Verse aus dem Gedächtnis aufsagen, kennt jedes Detail seines Lebens, den Wortlaut der Gerichtsurteile gegen ihn und sein zweifelsfrei dokumentiertes Ende. Sie wehrt sich. Sie will nicht an seinem Tod zweifeln müssen.

O mein Gott, entfährt es ihr. Ich hätte nie hierherkommen sollen.

Homer entschuldigt sich, ganz Kavalier alter Schule, dass er unrasiert ist.

Dante raucht eine erste Zigarette.

Es wäre unhöflich, wie sich Dante und Homer vorab verständigt haben, die beiden mit der Frage in Verlegenheit zu bringen, ob sie nach etwas Bestimmtem suchen und was das sein könnte. Was hätten sie antworten sollen, ohne sich selbst für geisteskrank halten zu müssen? Wir suchen nach einem Mann namens Dante Alighieri? Zudem haben wir Hinweise, dass sich hier auch ein griechischer Barde namens Homer aufhalten soll?

Zumindest die Dante-Kennerin scheint ihre Hausaufgaben gemacht zu haben. Sie ist es auch, und man sieht es ihr an, die hierhergekommen ist, um der Welt zu neuen Erkenntnissen zu verhelfen. Und sie fackelt nicht lange. Das ist sie sich schuldig. Sie wendet sich also ohne jede Verlegenheit, ja geradezu rücksichtslos, mit der Aufforderung an Dante, sich zu erkennen zu geben.

Ein satter Schlag!

Dante reagiert souverän, spielt, wie abgesprochen,

den Opernsänger, während Homer ihm beisteht und den Pianisten gibt. Und wie sie das tun! Zwei professionelle Komödianten hätten es nicht besser hingekriegt. Dante hat, wie er versichert, den Namen Dante noch nie gehört, eine Pointe, die Homer fast platzen lässt. Homer erzählt vom Gesang der Vögel, der ihn schon allzu früh, im Kindesalter bereits, an seiner Berufung zum Konzertpianisten habe zweifeln lassen. Seine Mutter sei darüber schwermütig geworden und habe die Enttäuschung nur um ein paar Jahre überlebt. Sein Vater, ein aus dem Dorf Moutalaski stammender Gewürzhändler, habe nur wenige Monate später seine Koffer gepackt und seinen Sohn, also mich, bei der Hand, und so sei er nach Smyrna gekommen. Das mit dem Gesang der Vögel, erzählt Homer weiter, sei eine Geschichte gewesen, die er der Mutter zuliebe erfunden habe. Die Wahrheit sei eine andere gewesen; hätte er ihr die aber gebeichtet, hätte sie ihm eine geknallt und ihren Mann erst einmal aus dem Ehebett ausquartiert. Es seien die Stimmen der Frauen, der alten wie der jungen, in seinem Dorf gewesen, denen er, wenn sie ihre Lieder gesungen hätten, zugehört und sich dabei anderes, was Frauen noch besser können als singen, vorgestellt habe. Sie saßen, wenn die Luft sich abgekühlt hatte, auf Holzstühlen vor ihren Häusern, und ich, von niemand beachtet, drehte meine Runden und hörte zu, wie ihre Stimmen meine Geheimnisse ausplauderten, meine geheimsten Phantasien. Ich höre sie, wenn ich spiele, immer noch, bis heute. Wer, wenn nicht mein Vater, der sein Leben lang ein verdammter Schürzenjäger gewesen ist, hätte Verständnis dafür haben können; er ist regelrecht erleichtert gewesen, mich nicht mehr spielen hören zu müssen, klimpern, wie er es nannte, und sich das Geld für meinen Unterricht sparen zu können. So ist aus mir nie was Rechtes geworden. Aber für mich, für mich allein, reichte und reicht es.

Dann lässt sich Homer, ohne sich zu verraten, ihre Fotoausrüstung zeigen und erklären; sie hat einiges dabei. Das macht er geschickt, also nicht so, als habe er solche Apparate noch nie gesehen.

Homer hofft, mit jeder seiner Geschichten den Frühling fröhlicher gestimmt, ihm jedenfalls genug Argumente geliefert zu haben, sich endlich auch ein bisschen Mühe zu geben, um ihn und Dante nicht länger auf die ersten, die Seele wärmenden Winde warten zu lassen.

Dante hat es, Homer hat darauf hingewiesen, vollends die Stimme verschlagen, obwohl Frau Dr. Walther weiterhin alles versucht, gerade ihn zum Reden zu bringen. Sie ist eine sportlich durchtrainierte Person, schlank, mager fast, mit kurzen blonden Haaren, einer festen Stimme, die an Direktheit nichts zu wünschen übrig lässt; und sie scheint es auch nicht zu mögen, sich noch mehr Geschichten anhören zu müssen und Zeit zu verlieren. Unvorstellbar, dass sie, selbst an Wochenenden, einmal die Beine hochlegt, Süßigkeiten zu sich nimmt oder, und sei es nur in bescheidenen Mengen, Alkohol. Hin und wieder nimmt sie aus einem buntschillernden Ding in Form einer Flasche einen Schluck Wasser. Eine moderne Frau, der man zutraut, einem Mann vorzuschlagen, bei Minustemperaturen mit ihr schwimmen zu gehen.

Und der Mann? Eine Frohnatur! Einer dieser Österreicher, die sich schon vor ihrer Geburt mit dem Weltuntergang abgefunden haben. Der gerne Eichhörnchen füttert! Noch lieber aber sich selbst. Setz ihm eine weiße Mütze auf, und fertig ist der Koch!

Dante gibt sich weiterhin stimmlich indisponiert, bleibt aber freundlich, nickt hin und wieder, sogar in die Kamera. Aber bei allem Eifer, den sie an den Tag legt: Bei ihm ist sie an den Falschen geraten, wie sie gereizt feststellen muss.

Und Dante fragt sich: Sie wird doch nicht ernsthaft all den Meldungen geglaubt haben (oder noch immer glauben), die sie an ihrem Schreibtisch in Dresden aus Zeitungen ausgeschnitten und sorgfältig abheftet hat?

Sie wendet sich schließlich an Homer mit der Bitte, das Haus sehen zu dürfen.

Leider, sagt Homer, tut mir leid. Er lässt dem Märchenerzähler, der er war und noch immer ist, Zeit für die richtige Entgegnung. Leider, wiederholt er, das sei leider ganz und gar unmöglich. Dicke Luft, Sie verstehen?

Die Dante-Kennerin bleibt hartnäckig. Ein kurzer Blick doch nur!

Unsere Signora, müssen Sie wissen, hat heute ausgesprochen schlechte Laune. Wir kennen den Grund selbst nicht. Sie redet wenig. Aber seien Sie versichert, selbst wilde Tiere, selbst wenn sie hungrig wären, würden es sich zweimal überlegen, sich in ihrem Zustand heute mit ihr anzulegen.

Dante: Gerne ein andermal!

Fehlt nur noch, dass die Köchin erscheint, ganz aufgeregt. Herr Homer, Herr Dante, schnell, kommen Sie. Da ist ein Herr Shakespeare am Telefon.

XXIII

Dante, sich erinnernd: Das ist nun gut und gern auch schon dreihundert oder mehr Jahre her, dass ich meinen Freund bei der Gelegenheit eines Ausflugs nach Guagnano hinunter um Aufklärung bat über das, was Menschen, wenn sie davon sprechen, die Dummheit nennen, und wie und warum er, Homer, geneigt ist, dem mit Humor und gemütlichem Wohlgefallen zu widersprechen. Die Gelegenheit schien mir günstig. Wie oft begegnet man schließlich einem so klugen, gescheiten, lebenserfahrenen Menschen wie ihm, der sich gestattet, eine so hohe Meinung von etwas zu haben, das jeder, sobald er der Dummheit beschuldigt wird, gekränkt von sich weist, wenn er nicht gleich zum Messer greift.

Homer strich sich über die Locken seines Vollbarts. Nicht nur die Leidenschaft, auch die Dummheit hat die Farbe des Blutes. Schauen Sie hier, die Erde unter den Olivenbäumen, selbst die.

Homer ging (und geht noch immer), ganz dem Gang seiner Gedanken entsprechend, sehr langsam, was einem Kunststück gleichkommt, das ich nicht beherrsche, noch immer nicht. Ich mache mir auch keine Hoffnungen, es je zu lernen. Vielleicht muss man, um es hinzukriegen, einer sein wie er, ein Verschwender. Jeder Schritt so langsam und gleichzeitig so federleicht, als hätte ihm das einer beigebracht, der auf Wolken geübt hat. Unserer Signora war das auch schon aufgefallen. Sie hat es immer zu verhindern gewusst, von ihm zu einem Spaziergang eingeladen zu werden. Wenn ich auf einem Bein stehe, witzelte sie, komme ich schneller vorwärts.

Über die menschliche Dummheit gibt es nichts von Belang zu sagen, sagte Homer, es gibt sie, basta! Reden wir von der göttlichen Dummheit, die viel seltener und deshalb interessanter ist. Eine Rarität, wie einer sagen würde, wenn er in einem Antiquariat nach einer Erstausgabe sucht, oder eine Spezialität, wenn er in einem Restaurant den Koch nach etwas Besonderem fragt. Man muss aufpassen, nicht die falsche Entscheidung zu treffen! Ist der Koch vertrauenswürdig? Will er einem was andrehen, was er sonst nicht loswird, wie im Gegenteil ein Antiquar sich dumm stellt, weil er sich nicht von einer Erstausgabe trennen will?

Hin und wieder gönnte ich mir zur Entspannung eine kleine Ruhepause und überlegte dabei, ob ich mir nicht auch mal so etwas wie einen Bart wachsen lassen sollte, einen Schnurrbart mit zwei nach oben gerollten, fadenfeinen Enden. Lächerlich! Kein Bartwuchs, und dann, was wie angeklebt aussieht, wie eine Attrappe. Warum die letzten Sympathien verspielen, die die Signora für mich hat?

Stopfen wir das Lösegeld für unsere Freiheit in eine Blechdose, schlug Homer vor, und ab damit auf den Müll. Und bedauern den, der sie findet.

Schnell wird, was wir denken, zu einem Laster. Man verliebt sich leicht. Der göttliche Anteil ist eine schöne Frau, deren Lügen sie noch schöner macht. Man darf sich von ihr so wenig verführen lassen wie von Ansichten wie den meinen. Man sollte darüber eigentlich gar kein Wort verlieren, was das Klügste wäre.

Homer nahm sich beim Wort und schwieg. Dann: Da, ein Reh!

Ich wusste gar nicht, dass es in der Gegend hier welche gibt!

Sobald ich ein Reh sehe, warte ich auf den Schuss, der es tötet.

Rehbraten! Spezialität des Hauses. In Rotweinsauce.

Das gefällt mir an Ihnen, Dante, dass Sie Hunger haben und nie was essen.

Eine Dummheit, eine der ganz menschlichen Art.

Oh, nichts gegen den Charme, der gewisse Dummheiten so anziehend macht. Ich bin dafür durchaus empfänglich. Aber die Dummheit, über die nachzudenken Spaß macht, ist etwas anderes. Glauben Sie also von dem, was ich sage, am besten kein Wort. Es ist meine Dummheit, die ich erklären kann, nicht Ihre.

So steht es geschrieben: Allein das Schweigen ist groß, alles Übrige ist Schwäche.

Aber dann redete Homer doch: Über das Handeln gegen alle von Menschen aufgestellten Regeln, über das unvermeidliche Missverständnis die Persönlichkeit eines Menschen betreffend, der sich zu seiner Dummheit bekennt, zu der Kraft, sein Fortkommen in den Geschäften der Welt unbeachtet zu lassen! Verzicht, Dante! Verzicht auf Anerkennung, auch darauf Verzicht, daraus Vorteile ziehen zu wollen. Keinem etwas beibringen wollen, ihn nicht von seiner Einsicht, und sei es durch Schweigen, überzeugen oder, eine unverzeihliche, leider aber weitverbreitete Eitelkeit, eine Schule gründen zu wollen.

Das sind die Zeiten: Käufer haben, Kunden, Bewunderer! Wir haben es ja erlebt, was sie nicht alles versucht und uns nicht alles versprochen haben, um in uns das Bedürfnis zu wecken, akzeptiert werden zu wollen. Ihre erbarmungslose Freundlichkeit, die Süße ihrer Lügen. Wie sie uns am Tisch gegenübersaßen. Wie sie uns, als wir nach Wasser verlangt haben, Wein in die Gläser gossen. Die Butterbrote, die sie uns serviert haben! Nun reden Sie endlich! Und wie wir uns nur anschauten und freundlich blieben und schwiegen, was ihnen ihre Waffen, die sie zu haben glaubten, zerschlug. Wie sie aufsprangen, das Zimmer verließen und wieder zurückkamen. Ihre Augen, erinnern Sie sich, Dante, die Härte ihrer Augen, versteinert wie ein Händedruck. Sie brannten ihr Feuerwerk ab. Wie ihnen Einhalt gebieten? Es hatte etwas Unheimliches, wie dann einer, die Hand auf meiner Schulter, sagte: »Wenn Sie erst meine Frau kennengelernt haben, sag ich Ihnen, Sie werden sich wundern. Kommen Sie doch mal auf ein Gläschen vorbei abends. Die kann zweimal so schnell denken wie ich! Und schreibt auch!« Nein, Dante, Verzicht, Schweigen, niemand sein, nichts sein wollen, endlich.

Um alles besser hören zu können, zog ich die Schuhe aus.

Bei allen Göttern und den kleinen Fischen, rief Homer in den Himmel und kratzte sich an den Hoden, das ist kein Kinderspiel! Ich habe den Verstand einen stinkenden Stern genannt und bleibe dabei.

Er beruhigte sich schnell wieder und redete ruhig weiter: Den Schmerz anerkennen, annehmen und zurücklassen, sich Zeit nehmen, aber die Zeit nicht ernst nehmen, weggehen, man muss, wenn es gelingt, weggehen können, wichtiger noch, wenn es gelingt, zurückkehren, ohne Erinnerung zurückkehren, ohne Werk, ohne Namen, aus dem Wissen gehen, aus den Buchstaben. Das Kreuz tut einem weh von all den

Zentnerlasten an Geschriebenem. Nennt man das Unschuld? Da riech ich lieber an einer Zwiebel, als mich für das, was ich selbst geschrieben habe, loben zu lassen.

Sich von nichts belehren lassen, und damit ließ es Homer erst einmal gut sein, von nichts als von Füßen, die gehen. Mehr verdienen wir nicht.

Homer schlug die Beine übereinander. Die Geschichte eines Lebens, das sich nie wiederholen darf. Glücklich der Fels, auf dem das Mädchen saß, das nichts von mir wusste.

Das war die Liebesgeschichte, wie sie nur einer wie Homer erzählen kann; und wie oft hatte er sie zum Besten gegeben, aber statt sie auszuschmücken, wurde sie mit jedem Mal kürzer und kürzer. Hier die bis dato letzte Version: Das Mädchen, schön und schüchtern, saß da und schlug die Augen nieder, das Zeichen, dass sie darauf wartete, dass ich etwas sagte. Und ich? Ich fasste mir ein Herz … und schwieg.

Ich dachte an unsere Signora, daran, was ich ihr verdanke. Aber sie wird, was ich ihr sagen könnte, weder hören wollen noch verstehen. Verstünde sie es, wäre sie in Verlegenheit. Sich ein Kompliment gefallen lassen zu müssen, auch noch eins aus meinem Mund, wäre nicht nach ihrem Geschmack. Was soll sie mir auch glauben? Wie einfach es sein kann ohne Schuhe?

Dann fiel ein Schuss.

XXIV

Die Versuchung besteht, die Tatsache zu bedauern, dass es keine Fotos von Dante und Homer gibt, nicht wenigstens ein einziges; warum nicht sogar eines zusammen mit Signora Antonella, der guten Seele des Hauses. Nicht, dass Beweise dieser Art nötig wären für die in meinen Augen nicht zu bezweifelnde Glaubwürdigkeit der Geschichte, die der Autor zu erzählen hier versucht hat, aber doch irgendwie schade, finde ich. Nein? Homer in seiner grünen Schürze als Angestellter einer Landschaftsgärtnerei, neben ihm der ihn mit verliebtem Blick anhimmelnde Junge, der ganz so aussieht, als gingen ihm die wunderlichsten Gedanken durch den Kopf. Wie wäre es, wenn sich der Junge ein Herz fasste, sich seiner Schürze entledigte, den ihm noch vor wenigen Wochen vollkommen Unbekannten bäte, sich ebenfalls von seiner Arbeitskleidung zu trennen, und mit ihm, ohne die Kündigung eingereicht zu haben, einfach auf und davon ginge, um auf mutige Weise den Versuch zu wagen, frei und glücklich zu sein? Nein? Ich denke, ein Autor für diese Geschichte müsste sich finden lassen, eine Liebesgeschichte und die Geschichte eines Verbrechens, denn ohne das Gefühl, jede Eroberung des Absoluten sei eines, wäre dem Jungen schnell alles langweilig geworden. Das Glück muss dunkel bleiben und die Freiheit gefährlich; für alle Fälle für immer an seiner Seite einer, der schweigen kann.

Homer mit Dante in klösterlicher Haft in Santa Croce di Fonte Avellana, flankiert vom feschen Capitano Flaccadori und Bruder Ignatius, die beide vermutlich bis zum heutigen Tag (und Bruder Ignatius womöglich über seinen Tod hinaus) nicht werden aufhören können, an das Ereignis zu denken, an die Lücke, die leere Stelle, das Rätsel der Verborgenheit. Was dazu noch nachzutragen wäre: Gut erholt von seinem Schwächeanfall, begann sich der Capitano alsbald für die Fotografie zu interessieren, das heißt, er kaufte sich eine einfache kleine Kamera und verbrachte jeden freien Tag damit, zuerst die Stadt und, in immer größeren Kreisen um sie herum, die freie Natur abzulichten. Er war ständig unterwegs, in einem Beutel Sardinen und Käse als Wegzehrung, und hatte Ideen: einen Baum nicht so zu fotografieren, dass er wie ein Baum aussah, einen kleinen See nicht so, als sei er eine von seinen Ufern eingefasste, mit Wasser gefüllte Fläche; ein Heuschober wurde ein einer Kutsche ähnliches, hoch über der Erde schwebendes Gebilde, ein Vogel ein fallender Nagel, eine Schafherde die Spiegelung aufgeschäumter Milch, das Gesicht eines Bauern Baumrinde, das eines Neugeborenen Fleisch einer Butterblume. Hörte er einen Esel schreien, habe er nicht den Esel, sondern dessen Schrei fotografieren wollen, und nur aus Spaß, wie er Bruder Ignatius, den er nur noch selten und immer nur zufällig traf, einmal erzählt hat. Der naheliegende Verdacht, unser grundanständiger, alle Dienstjahre hindurch gesetzestreuer Capitano habe es in einem Anfall von Selbstüberschätzung darauf angelegt, sich der Welt als Künstler zu präsentieren, sich auch so aufzuführen und als solcher anerkannt zu werden, wäre ungerecht und falsch. Er zeigte nichts herum, plante keine zweite Karriere, hätte nicht erklären können, nicht einmal sich selbst, was er an seiner Tätigkeit so unterhaltsam fand, zumal er in seiner Eigenschaft als Staatsdiener nie mit etwas anderem beschäftigt sein wollte, als im Team mit seinen Kollegen mitzuhelfen, Licht ins Dunkle zu bringen, ungeklärten Verhältnissen zur Klarheit zu verhelfen, dem Vieldeutigen das Eindeutige zu entlocken. Wir aber, die seine Geschichte kennen, wissen es: Er muss seit dem Tag seiner Ohnmacht an die Verwandlung des Sichtbaren in etwas, das Klügere als er das im Sichtbaren verborgene Unsichtbare nennen würden, zu glauben begonnen haben.

Homer mit Dante im Bürgermeisteramt in Pesaro

sowie danach in verschiedenen Amtsstuben der italienischen Hauptstadt, die aktuellsten aller nicht existierenden Porträts; abgesehen von den letzten mir bekannten Versuchen der Dante-Kennerin, die ihren Forschungsgegenstand liebend gern, und lieber tot als lebendig, mit nach Dresden genommen hätte. Sie wäre, so wie ich sie erlebt habe, schon mit einem Knochen zufrieden gewesen; eine Vitrine hätte sich dort sicher finden lassen.

Doch die Helden blieben unsichtbar, was immer die Welt (und der Autor) davon halten mag.

Ich selbst glaube nicht, dass sehr bald eine Maschine erfunden werden kann, die zu Ergebnissen führen wird, die sich alle, die ihre Objektive auf sie gerichtet hatten, erhofft haben: Zwei Herren (Dante und Homer?) in ordentlich sitzenden schwarzen Anzügen mit Krawatte, mit einer ebenfalls festtäglich herausgeputzten, aber mürrisch dreinschauenden Signora (die Köchin?) in ihrer Mitte; ob ihr, zu spät, aufgefallen ist, dass die Herren Schuhe tragen, die auf Hochglanz zu bringen sie vergessen hat – wie auch den Topf mit dem Birnenkompott, der vom Herd muss? Ein wenig sehen alle drei wie Menschen aus, die sich (bei Gelegenheit einer Hochzeit oder Beerdigung?) gemeinsam haben ablichten lassen; so richtig sehen sie nicht aus, als könnte ein weiteres Wunder sie wieder zum Blühen bringen.

Aber nein, nein, ausgeschlossen! Das sind die Gesuchten nicht! Das sind weder Dante noch Homer; und es gab meines Wissens auch keinen Topf mit Birnenkompott, weder auf dem Herd noch, mit einem Tuch abgedeckt, in der Speisekammer. Da muss sich jemand einen Scherz erlaubt haben. Und ich habe auch einen Verdacht, wer dieser Jemand sein könnte! Sie auch?

XXV

Wie oft Dante schon versucht hat, mit der Köchin ins Plaudern zu kommen. Nie kommt aus ihrem Mund mehr als ein Brummen, mal leiser, mal lauter. Und wie sie ihn, wenn er damit anfängt, anschauen kann! Wie etwas Überflüssiges, zumindest in ihrer Küche. Dieses dünne, langhaarige Gerippe, das nicht aussieht, als würde es sich überhaupt ernähren müssen, jedenfalls nicht von den ihr bekannten, unter Menschen üblichen Lebensmitteln! Seine hohe, hartkantig gebogene Nase, die einem Respekt, aber, das vor allem, Angst einjagen kann! Eine Nase, die Homer einmal »eine katholische Sache« genannt hat. Sie hatte gerade aufgetragen und es gehört, aber nicht verstanden. Was an einer Nase kann katholisch sein?

Es ist nicht ihr Recht, sich einzumischen, auch als strenggläubige Katholikin nicht. Sie stellt sich stattdessen vor, ob dieser Dante auch schon als Jüngling so ausgesehen haben mag, als Mann mit Temperament, Muskelkraft und geheimen Begierden. Ob er für Mädchen Blumen gepflückt oder Briefe an sie geschrieben hat und sie ihnen, wie es der Sitte entsprach, durch einen Freund hat überreichen lassen? Vielleicht war er nicht der Draufgänger, der er gern gewesen wäre, aber, denkt sie, er wird sich in seiner Jugend schon schadlos gehalten haben, und ist von den Gedanken verwirrt, die das Nachdenken über diesen Mann in ihr auslöst. Was schließlich versteht sie von alldem, wenn es von alldem überhaupt etwas zu verstehen gibt? Männer sterben, sie lebt. Ihr ist trotzdem schleierhaft, wie sich weibliche Wesen mit dem Anblick dieser Nase haben abfinden können.

Gutes in kleinen Portionen, wie Dante immer sagt. Eine Kuchengabel genügt ihm. Langsames Kauen. Keine Beilagen. Wie oft hat sie sich gedacht: Stünde er auf einer Waage, die Nadel würde kein Gewicht anzeigen.

Er hat vor, sich für einen Fasan starkzumachen, den er selbst erlegen und ihr zu Füßen legen will.

Die Köchin muss sich zusammennehmen, um nicht laut loszulachen. Was er treffen wird, ist Luft. Und sie weiß jetzt schon, was passieren wird. Irgendwann wird er darum bitten, von ihr zubereitete Luft essen zu wollen. Wie soll er da je was auf die Rippen bekommen?

Kein Wunder, dass sie ihm Homer vorzieht, der gleich gar nicht erst versucht, mit ihr den Speiseplan durchzugehen. Oder es liegt ganz einfach an seiner irgendwie gemütlichen Leibesfülle, die ihr imponiert.

Ein Schwergewicht, dem, was sie auftischt, zu schmecken scheint, weshalb sie ihm auch seine für ihn offenbar unwiderstehliche Versuchung, sich ans Klavier setzen zu müssen, verzeiht. Lieber ist ihr, sie sieht ihn, wie er im Garten steht und einen Fliederzweig betrachtet. Wie er, wie verzaubert, lange nicht weitergehen will. Und sich, bevor er es tut, vor dem Zweig mit den Blüten verbeugt.

Aber da ist Dante, nichts zu machen. Und der Kerl hat Wünsche, selbstverständlich ausgefallene. Mit Kompott zum Dessert ist er nicht zufrieden, er wünscht sich »Früchte der Weisheit«.

Wie bescheiden dagegen Homer, der sich, wenn die Aprikosen reif sind, kaum traut, sich einen Kuchen zu wünschen. Ich lasse ihn zappeln. Soll er sagen, was er will. Aber nein, lieber schwärmt er mir vom Anblick safttriefend reifer, wie von himmlischem Glanz übergossener Aprikosen vor, von vom Duft der Früchte verrückt gewordenen Bienen. Der Arme droht, wenn ich nichts unternehme, selbst verrückt zu werden. Und mir läuft, je länger ich ihn reden höre, das Wasser im Mund zusammen. Ich gebe mich geschlagen. Er hat mich verführt. Soll er kriegen, was er sich wünscht, ein ganzes Blech voll. Das hab ich gelernt, das geht mir von der Hand.

Den ersten Kuchen hat sie, wie sie es gewohnt war, mit Mandelsplittern bestreut, danach aber nie wieder, nachdem Homer, fast errötend vor Schüchternheit, sie gebeten hat, auf die Mandelsplitter und auch auf sonst alles Beiwerk zu verzichten. Ein Kuchen, der eine Torte sein will, verderbe alles.

Ist Hunger für eine Köchin das Wichtigste?

Unsinn, sagt sie und reibt sich an der Schürze die Hände trocken. Es gibt wichtigere Dinge!

Und die wären?

Aufpassen, dass sich das Glück, sich zu freuen, nicht zu oft wiederholt.

Wenn er das Homer erzählt, wird er es nicht glauben. Er glaubt es selbst nicht. Der Mund steht ihm offen, was er sonst, aus gutem Grund, zu vermeiden sucht. Wer kaum noch Zähne hat, sollte sich wenigstens um die wenigen, die er hat, kümmern. Er weiß es, nimmt es sich auch jeden Morgen nach dem Aufwachen und abends vor dem Einschlafen vor, aber immer kommt etwas dazwischen, frühmorgens die Ordnung der ersten Geräusche, angeführt von einem Hahn, der kräht, was einen zweiten Hahn herausfordert, ihm nichts an Lautstärke schuldig zu bleiben, was sich wiederum, weiter weg, ein dritter Hahn nicht gefallen lassen will. Alle drei krähen in alle Richtungen, und das ausdauernd. Dagegen hilft nichts, keine Gewöhnung, keine Fensterläden, keine geschlossenen Fenster, keine noch so schweren Vorhänge.

Dante: Wer das durchgestanden hat, bekommt es mit der Angst, sein Frühstücksei zu köpfen. Ich dachte mir, Vorsicht Dante, pass auf, gleich passiert was. Gleich fliegt Vater Hahn durchs Fenster und geht auf dich los, weil ich, wie er glaubt, das Kind einer seiner Hennen vergewaltige.

Kaum hat sich Dante von diesem Konzert unter noch nachtdunklem Himmel und dem Schrecken, Opfer eines zum Äußersten entschlossenen Gockels werden zu können, einigermaßen erholt, segelt Homer herein, beeindruckend ausgeschlafen und entspannt, der von dem ganzen rostigen Gekrächze nichts gehört haben will und einem vom Kunstgesang einer Lerche direkt vor seinem Fenster vorschwärmt. Wenn der Tag schon so beginnt, kann er sich ausrechnen, dass ihm noch Schlimmeres bevorsteht, eine von noch immer nicht restlos verarbeiteten Launen verursachte Verstimmung, die bis abends anhalten kann und sich in zäher, schleifender Langsamkeit in die Erschöpfung, die Schlaffheit des Körpers, zuletzt in einen Schlaf ohne Träume ergießt, vorausgesetzt, der Hahn hat sich mittlerweile einigermaßen beruhigt.

Warum, will Dante wissen, darf sich Glück nicht wiederholen?

Natürlich darf es sich wiederholen, aber nicht zu oft!

Aber warum?

Weil es dumm macht, darum, Sie Dummkopf!